Paulo C

VERON
ÖLMEK İSTİYOR

CAN

ÇAĞDAŞ DÜNYA YAZARLARI

Yayın Yönetmeni	: İlknur Özdemir
Dizgi	: Gülay Yıldız
Düzelti	: Fulya Tükel
Montaj	: Mine Sarıkaya
Kapak Düzeni	: Semih Özcan
Baskı	: Eko Basımevi
Cilt	: ZE Ciltevi
Kapaktaki Resim	: Natalie Ascencios

1.-15 basım : 2000
16 basım : 2001

ISBN 975-510-990-0

Paulo Coelho'nun web sayfası: http://www.paulocoelho.com

Paulo Coelho

VERONİKA ÖLMEK İSTİYOR

ROMAN

Türkçesi
HALDUN PAMİR

CAN YAYINLARI LTD. ŞTİ.
Hayriye Caddesi No. 2, 80060 Galatasaray, İstanbul
Telefon: (0-212) 252 56 75 - 252 59 88 - 252 59 89 - 292 55 00 Fax: 252 72 33
web sayfamız: http://www.canyayinlari.com
e-posta: yayinevi@canyayinlari.com

Özgün adı
Veronika Decide Morrer

PAULO COELHO'NUN
CAN YAYINLARI'NDAKİ
KİTAPLARI

BEŞİNCİ DAĞ / *roman*
PİEDRA IRMAĞININ KIYISINDA / *roman*
SİMYACI / *roman*
VERONİKA ÖLMEK İSTİYOR /*roman*
ŞEYTAN VE GENÇ KADIN / *roman*

Paulo Coelho, Rio de Janeiro'da doğdu. Roman yazarlığına başlamadan önce, oyun yazarı, tiyatro yönetmeni ve sevilen bir şarkı sözü yazarıydı. *Coelho*, gençliğinde bir hippiydi. 1986 yılında Hıristiyanların, Batı Avrupa'dan başlayıp İspanya'da Santiago de Compostela kentinde sona eren geleneksel haç yolculuğunu yaptı; bu deneyimini 1987 yılında yayınladığı *The Pilgrimage* (Hac) adlı kitabında anlattı. 1988 yılında yayınlanan üçüncü kitabı *Simyacı*, *Coelho*'yu en çok okunan çağdaş yazarlardan biri yaptı. Öteki kitapları; *Brida, Valkürler* ve *Piedra Irmağının Kıyısında Oturdum, Ağladım*'dır. *Simyacı*, 42 ülkede yayınlandı, 26 dile çevrildi. Bu kitap, *Coelho*'yu Gabriel García Márquez'in arkasından en çok okunan Latin Amerikalı yazarlardan biri konumuna getirdi.

İşte, ben size yılanları... ayak altına almak için hakimiyet verdim ve hiçbir şey size zarar vermeyecektir.

Yeni Ahit, Luka
Bap 10:19

Ben farkına varmadan bana yardım etmeye başlayan S.T. de L. için.

11 Kasım 1997 günü Veronika kendini öldürme zamanının –sonunda!– geldiğine karar verdi. Bir manastırda kiraladığı odasını dikkatlice temizledi, kaloriferi kapattı, dişlerini fırçaladı ve yatağına uzandı.

Dört kutu uyku ilacını başucu sehpasının üstünden aldı. Bunları ezip suya karıştırarak içmektense birer birer yutmaya karar vermişti; çünkü niyetle hareket arasında her zaman bir kopukluk vardır. O, yarı yoldan dönmek özgürlüğüne sahip olmak istiyordu. Gene de, yuttuğu her hapla birlikte, kararının daha da kesinleştiğini hissediyordu. Beş dakika sonra kutular boşalmıştı.

Bilincinin ne kadar sürede kaybolacağını kestiremediğinden yatağının üstüne Fransızca *Homme* dergisinin çalıştığı kütüphaneye daha yeni gelmiş olan son sayısını koymuştu. Bilgisayar bilimine özel bir ilgisi yoktu, ama dergiyi karıştırırken bir bilgisayar oyunu hakkında bir makale gördü (şu CD-Romlardan biri). Oyunun yaratıcısı Paulo Coelho adlı Brezilyalı bir yazardı ve bu yazarla Grand Union Oteli'nin kafesinde bir konferansta tanışmıştı. Kısacık konuşmuşlar, sonunda yazarın yayıncısı tarafından, onlarla birlikte akşam yemeğine gelmesi önerilmişti. Ama yemekte daha pek çok kişi vardı, herhangi bir konuda derinlemesine konuşma fırsatı olmamıştı.

Gene de yazarla tanışmış olması, onu kendi yaşamının bir parçası saymasına yol açtığından, adamın çalışmasıyla ilgili bir makaleyi okumanın vaktin geçmesini sağlayacağını düşündü. Tam da ölümü beklediği sırada kendisini hiç mi hiç ilgilendirmeyen bilgisayar bilimi konusunda bir yazı okumaya başladı Veronika. Bu, ömrü boyunca yaptığı şeylere uygundu aslında; hep en kolay seçeneği, el altında ne varsa onu yeğlemişti. İşte bu dergi gibi örneğin.

Ama şaşırtıcı bir şey oldu, yazının ilk satırı onun doğal edilginliğini sarstı (uyuşturucular daha midesinde erimemişlerdi bile, ama Veronika doğuştan edilgindi) ve ömründe ilk kez şu günlerde tanıdıkları arasında pek moda olan bir sözün doğru olup olmadığını düşündü: 'Bu dünyada hiçbir şey rastlantı sonucu meydana gelmez.'

Tam da ölmeye başladığı anda nereden çıkmıştı bu ilk satır? Kendisine yönelik gizli mesaj mıydı bu, yani, basit rastlantılar yerine gizli mesajlar vardıysa eğer?

Bilgisayar oyununun resminin hemen altındaki yazısına şu sözlerle başlamıştı gazeteci:

'Slovenya nerededir?'

'Bu kadar olur yani,' diye düşündü, 'Slovenya'nın nerede olduğunu hiç kimse bilmiyor.'

Oysa Slovenya diye bir yer vardı işte; dışarıdaydı, içerideydi, çevresindeki dağlarda, şu anda baktığı meydandaydı; Slovenya onun ülkesiydi.

Dergiyi bir yana attı, Slovenler hakkında hiçbir şey bilmeyen bir dünyaya öfkelenmesi anlamsızdı şu aşamada; vatanın onuru artık onu ilgilendirmiyordu. Şimdi kendi kendiyle gurur duyma zamanıydı, şimdi yaptığı şeyi yapabildiği, en sonunda cesaretini toplayıp bu yaşama veda edebildiği için. Ne büyük bir sevinç! Üstelik, her zaman düşlediği biçimde yapıyordu bu işi – hiçbir iz bırakmayan uyku haplarını kullanarak.

Neredeyse altı aydır bu hapları elde etmek için uğraşıyordu Veronika. Bir türlü beceremeyeceğine inanarak bileklerini kesmeyi bile göze almıştı bir ara. Odasının kan revan içinde kalacağı, rahibelerin ne yapacaklarını bilemeyip sıkıntıya düşecekleri önemli değildi; ne de olsa intihar eden biri, önce kendini, sonra başkalarını düşünmek durumundaydı. Ölümünün olabildiğince az sıkıntı yaratması için elinden geleni yapmaya hazırdı, ama tek yol bileklerini kesmekse, başka seçeneği yoktu. Rahibeler de odayı çabucak temizleyip olayı çabucak unutacaklardı elbette, yoksa odayı yeniden kiralamakta zorluk çekerlerdi. Yirminci yüzyılın sonunda yaşıyor olabiliriz, ama insanlar hâlâ hortlaklara inanıyorlar.

Lyubliyana'da bulunan az sayıdaki yüksek binalardan birinin tepesinden atabilirdi kendini tabii, ama onca yükseklikten düşmesinin sonucu ana-babasına daha da büyük acılar çektirmeyecek miydi? Kızlarının öldüğü şokundan kurtulmaya fırsat bulamadan onun paramparça olmuş cesedini görmek, teşhis etmek zorunda kalacaklardı. Hayır hayır, kan kaybından ölmekten daha kötü bir çözümdü bu, çünkü kendisi için her şeyin en iyisini isteyen iki insan üzerinde silinemeyecek izler bırakacaktı.

'Kızlarının ölümüne er geç alışırlardı. Ama paramparça olmuş bir kafatasını unutmak imkânsızdı.'

Kendini vurmak, yüksek bir yapıdan atlamak, kendini asmak, bu seçeneklerden hiçbiri onun kadınsı doğasına uymuyordu. Kadınlar kendilerini öldürdüklerinde çok daha romantik yöntemler seçerler – bileklerini kesmek ya da aşırı dozda uyku ilacı almak gibi. Terk edilmiş prensesler ve Hollywood yıldızları bunun sayısız örneğini gözler önüne sermişlerdir.

Yaşamın, harekete geçmeden önce doğru ânı beklemekten ibaret olduğunu biliyordu Veronika. Sonunda öyle de oldu. Geceleri bir türlü uyuyamadığına dair yakınmaları sonucu, iki arkadaşı, güçlü bir uyuşturucudan ikişer paket bulup getirdiler ona; kentin gece kulüplerinden birinde çalışan müzisyenler kullanıyormuş bunları. Veronika dört paketi de yatağının başucundaki sehpaya koyup bir hafta elini sürmedi, yaklaşan ölümle flört ederek, insanların yaşam adını verdikleri şeyle –hiçbir duygusallığa yer vermeden– vedasını tamamlamayı bekledi.

Şimdi oraya varmıştı işte, işi sonuna dek götürmüştü ve elinde kalan şu kısa sürede ne yapacağını bilemediği için canı sıkılmaktaydı.

Biraz önce okuduğu saçma sapan soru geldi aklına yeniden. Bilgisayarlarla ilgili bir yazı nasıl oluyor da bu kadar salak bir soruyla başlayabiliyordu: 'Slovenya nerededir?'

Yapacak daha ilginç bir şey bulamadığından, söz konusu yazıyı sonuna kadar okumaya karar verdi. Böylece öğrendi ki, bu bilgisayar oyunu Slovenya'da –orada oturanlar dışında kimsenin nerede olduğunu doğru dürüst bilemediği o tuhaf ülkede– gerçekleştirilmiş, çünkü orada işçi ücretleri çok düşükmüş. Birkaç ay önce, ürünün Fransız yapımcısı, ürünü tanıtmak için dünyanın her yanından çağırdığı gazetecilere Vled'de müthiş bir parti vermiş.

Veronika, kentte büyük yankılar uyandıran bu parti hakkında bir şeyler okuduğunu hatırladı: CD-Romun ortaçağ atmosferini yansıtsın diye şatonun baştan aşağı yeniden düzenlenmesinin yanı sıra yerel basında bir başka polemik ön plana çıkmıştı: Almanya, Fransa, İngiltere, İtalya, İspanya gibi ülkelerden gazeteciler davet edildiği halde bir tek Sloven'in çağrılmamış olması uzun uzun tartışılmıştı.

Homme dergisinin muhabiri –ki ömründe ilk kez Slovenya'ya gelmişti ve bütün masrafları başkalarınca ödenmiş bu ziyaretin tadını öteki gazetecilerle gevezelik ederek, sözde esprili yorumlar yaparak, şatoda sunulan bedava yiyecek içecekleri mideye indirerek çıkarmıştı besbelli– makalesine ülkesinin ukala entelektüellerinin hoşuna gidecek bir espri ile başlamayı uygun görmüştü. Dergideki meslektaşlarına buranın yerel âdetleri üstüne kimbilir ne yalanlar atlatmıştı üstelik; ola ki Sloven kadınlarının ne kadar kötü giyindiklerinden de söz etmişti.

Neyse, bu *onun* sorunuydu. Veronika ölmekteydi ve başka dertleri vardı, ölümden sonra yaşam var mı, cesedi ne zaman bulunacak falan gibi. Gene de –ya da, belki, sırf almış olduğu bu önemli karar yüzünden– makale kafasına takılmıştı.

Manastırın penceresinden Lyubliyana'nın küçük bir meydanına bakıyordu. 'Slovenya'nın nerede olduğunu bilmiyorlarsa, Lyubliyana bir mit olmalı,' dedi kendi kendine. Atlantis ya da Lemuria gibi insanların imgelemini zorlayan başka kayıp diyarlar gibi. Dünyanın hiçbir yerinde, hiç kimse, Everest Tepesi'nin nerede olduğunu sorarak bir yazıya başlamayı aklından geçirmezdi, hayatta orada bulunmamış olsalar bile. Ama işte, Avrupa'nın orta yerinde bir gazeteci böyle bir soru sormaya utanmıyordu, çünkü okurlarının Slovenya'nın, nerede kaldı ki oranın başkenti Lyubliyana'nın nerede olduğunu bilemeyeceklerini biliyordu.

İşte o zaman vaktini geçirecek bir yol buldu Veronika, ilaçları alalı on dakika olduğu halde hiçbir bedensel değişim hissetmediğine göre. Yaşamının son edimi şu dergiye bir mektup yazmak, Slovenya'nın eski Yugoslavya'nın bölündüğü beş yeni cumhuriyetten biri olduğunu açıklamak olacaktı.

Bu mektup onun intihar mektubu olacaktı. Ölümünün gerçek nedenleri konusunda hiçbir açıklama yapmayacaktı.

Cesedini bulduklarında, bir dergi, ülkesinin yerini bilmeyen bir dergi yüzünden yaşamına son verdiğine inanacaklardı. Gazetelerde yer alacak polemikleri düşünüp güldü: Ülkesinin onuru uğruna canına kıydığı için kimileri ondan yana çıkacak, kimileri de ona karşı tavır alacaktı. Kendi fikrinin de bu kadar çabuk değişebilmesi onu şaşkınlığa uğrattı; daha birkaç dakika önce şimdikinin tam tersini düşünmüş, dünyanın ve başka coğrafi sorunların onu hiç mi hiç ilgilendirmediğine inanmamış mıydı?

Mektubu yazdı. O anda yaşadığı keyif, ölmenin gerekliliği konusunda neredeyse yeniden düşünmesine yol açacaktı. Ama hapları almıştı artık, geri dönmek için çok geçti.

Zaten bu gibi keyifli anları hiç yaşamamış da değildi. Sürekli depresyon halinde yaşayan, hüzünlü, nefret dolu biri değildi, kendisini bu yüzden öldürmüyordu ki. Lyubliyana sokaklarında neşe içinde az mı dolaşmıştı güneşli öğle sonlarında? Sonra, şairin heykelinin bulunduğu bu küçük meydanı kar yağarken seyretmek de hoştu. Bir seferinde neredeyse bütün bir ay boyunca sanki bulutların üstünde gezmişti, sırf o meydanın ortasında hiç tanımadığı biri ona bir çiçek verdi diye.

Son derece normal bir insan olduğuna inanıyordu. Ölmeye karar vermesinin çok basit iki nedeni vardı, bunları açıklayan bir mektup bırakacak olsa pek çok kişinin ona hak vereceğinden hiç kuşkusu yoktu.

Birinci neden: yaşamındaki her şey hep aynıydı ve bir kez gençliği sona erdi mi hep yokuş aşağı gideceği belliydi: yaşlılık, dönüşü olmayan izler bırakacak, hastalıklar birbirini kovalayacak, dostlar birer birer yok olacaktı. Yaşamını sürdürmekle hiçbir şey kazanmayacaktı, tam tersine acı çekme olasılığı hep artacaktı.

İkinci neden daha felsefiydi: Veronika gazete okuyan, televizyon seyreden, dünyada olup bitenlerden haberli biriydi. Her şey yanlıştı ve kendisi herhangi bir şeyi düzeltebilecek durumda değildi – bu, tamamiyle aciz olduğu duygusunu büyütüyordu içinde.

Kısa bir süre sonra ömrünün son yaşantısı gerçekleşecek ve bu ötekilerden çok farklı olacaktı: ölüm. Mektubu bitirip bir kenara koydu, daha acil, o sırada yaşamakta olduğu olayla (ya da, daha doğrusu, ölümüyle mi demeli?) daha uyumlu konulara yoğunlaştırdı dikkatini.

Ölmenin nasıl bir şey olduğunu hayal etmeye çalıştı, herhangi bir sonuca varamadı.

Ayrıca bu konuda kafa yorması anlamsızdı, çünkü birkaç dakika sonra sorunun yanıtını öğrenecekti.

Kaç dakika sonra?

Hiç bilemiyordu. Gene de herkesin kendi kendine sorduğu bir sorunun yanıtını da pek yakında alacağından pek hoşnuttu: Tanrı var mı?

Pek çok kişinin aksine, yaşamının temel sorularından biri olmamıştı bu. Komünist rejim döneminde okullarda verilen resmi bilgilere göre yaşam ölümle son buluyordu, kendisi de bu fikri benimsemişti. Öte yandan, ana-babasının, onların da ana-babaların kuşağı hâlâ kiliseye devam ediyor, dualarını ediyor, hacca gidiyor ve Tanrı'nın kendilerine kulak verdiğine kesinkes inanıyorlardı.

Yirmi dört yaşında ve geçirebileceği her türlü yaşantıyı geçirmiş olan Veronika –ki bu da az bir şey sayılmazdı– her şeyin ölümle son bulacağından hemen hemen emindi. İntiharı bu yüzden seçmişti ya işte: en sonunda özgürlük. Sonsuza varan unutuş.

Çok derinlerde bir yerde gene de bir kuşku vardı aslında: ya Tanrı varsa? Binlerce yıllık uygarlık tarihi intiharı tabulaştırmış, tüm dinler bunu yasaklamıştı. İnsanoğlu yaşam mücadelesi vermeli, boyun eğmemeli. İnsanoğlu üremeli ve üretmeli. Toplumun çalışacak birilerine ihtiyacı var. Bir çift, aralarındaki aşk bitmişse bile birlikte kalmak durumundadır, her ülkenin askerlere, politikacılara, sanatçılara gereksinimi vardır.

'Tanrı varsa, ki ben olmadığına gerçekten inanıyorum, insan aklının sınırları olduğunu da bilir. Yoksulluğu, haksızlığı, açgözlülüğü, yapayalnızlığı, bütün bu karmaşayı o yaratmadı mı? Mutlaka çok iyi niyetlerle girişmiştir bu işe, ama sonuçlar bir felaket. Tanrı varsa, bu dünyayı erkenden terk etmeyi seçen yaratıklara karşı cömert davranacaktır, hatta bizleri burada vakit harcamaya zorladığı için özür bile dileyebilir.'

Tabuların, boş inançların canı cehenneme. Pek dindar olan annesine soracak olsanız, Tanrı'nın, geçmişi, şimdiki zamanı, geleceği bildiğini söyleyecektir. İyi ya, onu bu dünyaya gönderirken, günün birinde intihar edeceğinin de kesinlikle bilincindeydi öyleyse. Dolayısıyla bu intihar, onu şaşkınlığa, şoka uğratmayacaktır.

Veronika midesinin bulandığını hissetti, çok hızla artan bir bulantı.

Birkaç saniye sonra penceresinden görünen meydana yoğunlaştıramayacaktı dikkatini. Mevsimin kış olduğunu, saatin öğleden sonra dört dolayında olduğunu biliyordu, güneş hızla batmaktaydı. Öteki insanların yaşamayı sürdüreceklerini de biliyordu. Tam da o anda sokaktan geçen genç bir adam onu pencerede gördü, ölmek üzere olduğunu hiç bilmeden baktı kıza. Bir grup Bolivyalı müzisyen (Bolivya nerededir? Dergilerde bu soru neden hiç sorulmaz?) ünlü Slovenyalı ozan France Preseren'in heykelinin önünde çalmaktaydılar. Ülkesinin halkı üzerinde onca derin izler bırakmış bir ozan...

Meydandan yükselen müziğin sonunu işitecek kadar yaşayacak mıydı? Yaşamının sonu için çok güzel bir anı olurdu bu: Akşamüzeri, dünyanın öbür ucundan bir ülkenin düşlerini anlatan bir ezgi, sıcacık, minik bir oda, yoldan geçen yakışıklı genç adam, hayat dolu, nedense durup kendisine bakmaya karar vermiş. Hapların etkisi başlamıştı ve bu adamın onu gören son kişi olduğunu düşündü.

Genç adam gülümsedi, kız ona gülümseyerek karşılık verdi; kaybedeceği bir şey yoktu ki. Adam el salladı, kız başka bir yere bakıyormuş gibi yaptı, genç adam fazla ileri gitmişti. Bunun üzerine bozulan genç adam yoluna devam etti, penceredeki yüzü sonsuza dek unutarak.

Gene de Veronika, son bir kez biri tarafından beğenilmiş olmaktan keyif duydu. Sevgisizlik yüzünden öldürmüyordu kendini. Ailesi tarafından sevilmediği ya da para sorunları ya da amansız bir hastalığı olduğu için de değildi.

Veronika Lyubliyana'da bu güzel akşamüstünde, meydanda Bolivyalı müzisyenler çalarken, genç bir adam penceresinin önünden geçerken ölmeye karar vermişti ve gözlerinin gördüğü, kulaklarının işittiği şeyler onu mutlu ediyordu. Bunları bir otuz, kırk ya da elli yıl daha görmeye devam etmeyeceğini bildiğinden daha da mutluydu, çünkü o zaman bütün orijinallikleri kaybolacak ve her şeyin tekrarlandığı her günün bir öncekine ve sonrakine benzediği bir yaşam trajedisine dönüşeceklerdi.

Mide bulantısı dayanılmaz biçimde artmıştı, kendini çok çok kötü hissediyordu. 'Ne tuhaf, bir avuç uyku ilacı alırsam hemen uykuya dalacağımı sanmıştım.' Oysa şu anda kulaklarında tuhaf bir uğultu, içinde kusma ihtiyacı duyuyordu.

'Kusarsam ölmem.'

Midesine saplanan sancıları düşünmemek için hızla inen geceye, Bolivyalılar'a, dükkânlarını kapatıp evlerine gitmeye başlayan insanlara yoğunlaştırmaya çalıştı dikkatini. Kulaklarındaki uğultu gittikçe yükseliyordu, ilaçları aldığından bu yana ilk kez korku duydu, bilinmeze doğru gidişin derin korkusuydu bu.

Çok uzun sürmedi. Biraz sonra bilincini kaybetti.

Gözlerini açtığında Veronika 'burası cennet olmalı' diye düşünmedi. Cennette odaları floresan ışıkla aydınlatmazlardı kesinlikle ve de ânında başlayan sancı tipik bir dünya sancısıydı. Ah, bu dünyanın acıları hiçbir şeye benzemez, hemen anlaşılır.

Kıpırdamaya çalıştı, sancısı arttı. Gözlerinin önünde parlak noktalar dolaştı, ama Veronika biliyordu ki bunlar cennetin yıldızları değil, duyduğu derin acının sonucudur.

"Ayılıyor," diyen bir kadın sesi işitti. "Cehennemin tam ortasına düştün, keyfini çıkarmaya bak."

Hayır, bu gerçek olamazdı, ses onu aldatıyordu. Cehennemde falan değildi, çünkü çok üşüyordu ve ağzından, burnundan birtakım tüplerin çıktığının farkına vardı. Tüplerden biri, –boğazına sokulmuş olanı– onda boğuluyormuş duygusu uyandırıyordu.

Bunu çekip çıkarmaya davrandı, ama kolları kayışlarla bağlanmıştı.

"Şaka yaptım, burası cehennem değil," diye devam etti ses. "Cehennemden de beter bir yer, gerçi oraya hiç gitmedim ama. Villete'te bulunuyorsunuz."

Duyduğu acıya ve boğulma hissine karşın neler olduğunu hemen anladı Veronika. Kendini öldürmeye çalışmış, ama biri gelip onu kurtarmıştı. Belki de rahibelerden biriydi bu kişi ya da bir arkadaşı habersiz uğramıştı, ısmarladığını unuttuğu bir şeyi getirmişlerdi belki de. Gerçek şu ki, ölmemişti, Villete'e getirilmişti.

Büyük korku kaynağı olan, ünlü tımarhane Villete... Ülkenin bağımsızlığını kazandığı 1991 yılında açılmıştı. O sırada, eski Yugoslavya'nın barışçıl yollarla bölünebileceğini sanan (ne de olsa Slovenya on bir gün savaş görmüştü hepi topu) bir grup Avrupalı işadamı, masrafı fazla olduğu için terk edilmiş bir kışla binasında akıl hastaları için bir hastane açma izni almışlardı.

Oysa çok geçmeden savaşlar başlamıştı: önce Hırvatistan'da, sonra Bosna'da. İşadamları telaşa kapıldılar. Yatırımın parası dünyanın dört bir yanına dağılmış kapitalistlerden gelmişti, çoğunun adını bile bilmiyorlardı; onun için karşı karşıya oturup, birkaç bahane sıralayıp, bir süre sabır göstermelerini söyleyecek bir durum yoktu. Sorunun çözümünü bir ruh sağlığı hastanesine hiç yakışmayacak bazı uygulamaları devreye sokmakta buldular. Böylece oldukça yumuşak bir komünizmden yeni çıkmış genç ülke için Villete, kapitalizmin en kötü yanlarının bir simgesi haline gelmişti: hastaneye kabul edilmek için bol para yeterliydi.

Ailenin herhangi bir üyesinden miras kavgası (ya da kişinin uygunsuz davranışları) yüzünden kurtulmak isteyen, büyük paralar vererek sorunlu çocuklarını ya da büyüklerini hastaneye kapatmaya kalkışan insanların sayısı hiç de az değildi. Daha başkaları, borçlarından kaçmak ya da normalde uzun hapis cezaları gerektirecek kimi davranışlarına gerekçe uydurmak amacıyla tımarhanede bir süre kalıp hiçbir ceza ödemeden ya da mahkeme karşısına çıkmadan çekip gidiyorlardı.

Villete, hiç kimsenin kaçıp kurtulamadığı bir yerdi. Gerçek deliler –mahkemece ya da başka hastaneden gönderilmiş olanlar yani– orada kendine deli süsü verenler ya da deli olmakla suçlananlarla birlikte bulunuyorlardı. Sonuç olarak kesin bir kargaşa hüküm sürüyor, gazeteler sık sık oradaki yolsuzluklardan, kötü davranışlardan söz eden yazılar yazıyorlardı – gerçi kimsenin orayı ziyaret etmesine izin verilmediğinden kimse olan biteni tam olarak bilmiyordu. Hükümet şikâyetleri araştırıyordu, ama kanıt bulunamıyordu: Hissedarlar, Slovenya'nın yabancı yatırımcılara zorluklar çıkardığı söylentisini yayma tehdidinde bulunarak, işlerini yürütüyorlardı. İşleri de her geçen gün daha iyiye gidiyordu.

"Birkaç ay önce teyzem kendini öldürdü," diye devam etti kadın sesi. "Neredeyse sekiz yıldır odasından çıkmaya bile korkuyordu; tıkınıp duruyor, şişmanlıyor, sigara içiyor, yatıştırıcı ilaçlar alıp vaktinin çoğunu uyumakla geçiriyordu. İki kızı, kendisini seven bir kocası vardı oysa."

Veronika başını sesten yana çevirmeye çalıştı, ama başaramadı.

"Onun canlanıp mücadeyle davrandığını bir kez gördüm, o da kocası bir sevgili bulduğunda. O zaman ortalığı ayağa kaldırdı, birkaç kilo zayıfladı, bir sürü bardak kırdı, haftalar boyu bütün mahallenin uykusunu haram etti bağırıp çağırmasıyla. Komik gelecek ama, bence yaşamının en mutlu dönemiydi o; bir şey için savaşım veriyordu, kendini canlı, yaşadığı zorluklara karşılık verecek güçte hissediyordu."

Veronika içinden 'Bütün bunların benimle ne ilgisi var?' diye geçirdi konuşmakta güçlük çektiği için. 'Ben senin teyzen değilim, kocam da yok.'

"Sonunda kocası sevgilisini bıraktı," dedi kadın, "teyzem de yavaş yavaş eski haline döndü. Bir gün bana telefon etti, hayatını değiştirmek istediğini, sigarayı bıraktığını söyledi. Aynı hafta, sigarayı bıraktığı için aldığı hapların sayısını artırdı ve herkese kendisini öldürmek istediğini açıkladı. Kimse inanmadı ona. Derken bir sabah benim telesekretere bir mesaj bırakmış, havagazını açıp intihar etmiş. O mesajı kaç kez dinledim: Ömrümde sesini böylesine sakin, yazgısına böylesine boyun eğmiş duymamıştım. Ne mutlu ne de mutsuz olduğunu söylüyor, onun için sürdüremeyeceğim bu yaşamı diyordu."

Öyküyü anlatan kadına acıdı Veronika, teyzesinin ölümünü anlamak çabası içinde anlattığı belli oluyordu çünkü. Herkesin ne olursa olsun hayatta kalmak için savaşım verdiği bir dünyada, ölmeye karar verenleri anlamak kolay mı?

Kimsenin kimseyi yargılayacak durumu yok. Her insan kendi bilir çektiği acının boyutlarını ya da yaşamında anlamın hepten yok olduğunu. Veronika bunu açıklamak istedi, ama boğazındaki tüp yüzünden boğulur gibi oldu, kadın onun yardımına koştu.

Kayışlarla bağlanmış, orasından burasından tüpler çıkan, kendi iradesine, açıkça belirttiği ölme isteğine karşı korunmuş gövdesine doğru eğilen kadını gördü. Başını iki yana salladı, şu tüpleri çekip çıkarmaları, huzur içinde ölmesine izin vermeleri için gözleriyle yalvardı.

"Altüst olmuş durumdasınız," dedi kadın. "Yaptığınızdan pişman mısınız, yoksa hâlâ ölmek mi istiyorsunuz, bilmiyorum; beni ilgilendirmiyor. Ben işimi yapmak zorundayım. Hasta, ajitasyon durumu gösterirse, kurallara göre ona yatıştırıcı iğne yapmam gerek."

Veronika boğuşmaktan vazgeçti, ama hemşire koluna iğneyi sokmuştu bile. Çok geçmeden, o tuhaf, düşsüz dünyaya daldı yeniden; hatırladığı tek şey biraz önce gördüğü kadının yüzüydü: yeşil gözler, kumral saçlar, uzak bir hava, birtakım şeyleri zorunlu olduğu için yapan, kuralları şu ya da bu biçimde hiç sorgulamayan insanların havası...

Paulo Coelho, Veronika'nın öyküsünü, üç ay kadar sonra, Paris'te bir Cezayir lokantasında Slovenyalı bir dostuyla yemek yerken öğrendi. Bu hanımın da adı Veronika'ydı; Villete'in başhekiminin kızıydı.

Daha sonra, bu konuda bir kitap yazmaya karar verdiğinde, okuyucunun kafasını karıştırmamak için dostunun adını değiştirmeyi düşündü. Ona Blaska ya da Edwina ya da Marietja ya da başka bir Sloven adı koyabilirdi, ama sonunda gerçek adları kullanmakta karar kıldı. Dostu olan Veronika'dan söz ettiğinde ona 'dostum Veronika' diyecek, ötekinden söz ettiğinde ise herhangi bir sıfata gerek kalmayacaktı, çünkü kadın zaten kitabın baş kişisi olacaktı, ayrıca okurlar da ikide bir 'deli Veronika' ya da 'intihara kalkışmış olan Veronika' gibi tanımlar okumaktan sıkılabilirlerdi. Üstelik, kendisi de, dostu olan Veronika da kitabın yalnızca kısa bir bölümünde görüneceklerdi. Şimdi okumakta olduğunuz bölümde...

Dostu Veronika, babasının yaptıkları karşısında dehşete kapılmıştı; hele de adamın saygınlık peşinde olan bir kurumun başında olduğu ve de klasik akademisyenler tarafından değerlendirilecek bir tez üstünde çalıştığı düşünülürse.

"Aslında buralara akıl hastanesi değil, sığınak denirmiş eskiden; bu adın kökenleri ise ortaçağlara dayanıyor," diyordu genç kadın. "Herkesin gerektiğinde kiliseye ya da bir başka kutsal yere sığınma hakkı varmış o zamanlar. Şimdi de, sığınma hakkı her uygar insanın anlayabileceği bir kavram. Bu durumda babam, insanların sığındığı bir yerin başındaki insan, birine nasıl böyle davranabildi?"

Paulo Coelho olup biten her şeyin ayrıntılarını öğrenmek istedi, çünkü Veronika'nın öyküsünü öğrenmek için gerçek bir nedeni vardı.

Neden şuydu: Kendisi de bir vakitler bir sığınağa ya da daha yaygın terimle bir akıl hastanesine gönderilmişti. Hem de bu bir kez değil, üç kez olmuştu, 1965, 1966 ve 1967 yıllarında. Onun kapatıldığı yer Rio de Janerio'daki Dr. Eiras Sanatoryumu'ydu.

Hastaneye kapatılış nedeni bugün bile tam olarak anlamlandıramadığı bir şeydi; belki ana-babası onun alışılmışın dışında kalan davranışlarına şaşırmışlardı: Kimi kez içine kapanık, kimi kez aşırı hareketliydi, üstelik 'sanatçı' olmak istiyordu ki ailede herkes bunun toplum dışı yaşamaya ve yoksulluk içinde ölmeye götürecek tek yol olduğuna inanmaktaydı.

Bu konuyu düşündüğünde –ki doğrusuna bakarsanız çok ender olurdu bu– asıl delinin, hiçbir gerçek dayanak olmaksızın onu tımarhaneye kapatmayı kabul eden hekim olduğu kanısına varırdı. (Bütün ailelerde suçu başkalarına yükleme eğilimi vardır, dolayısıyla ana-babasının bu korkunç kararı alırken ne yaptıklarını bilmedikleri söylenebilir.)

Veronika'nın arkasında bıraktığı mektupta önemli bir Fransız dergisinin Slovenya'nın nerede olduğunu bilmediğinden yakındığını öğrendiğinde Paulo güldü.

"Kimse kendini böyle bir nedenden öldürmez."

Dostu Veronika biraz utanarak, "Mektup tam da bu yüzden herhangi bir etki bırakmamış," dedi. "Dün otele kaydımı yaptırdığımda, resepsiyon memuru Slovenya'nın Almanya'da bir kent olduğunu sandı."

Coelho bu duyguyu iyi tanıyordu: pek çok yabancı, Arjantin'in Buenos Aires kentini, Brezilya'nın başkenti sanırdı.

Yabancıların ona ülkesinin başkentinin (ki bu başkent komşu ülke Arjantin'de bulunuyordu) güzellikleri hakkında övgüler yağdırmaları bir yana, Paulo Coelho ile Veronika'nın paylaştıkları bir şey daha vardı; biraz önce söylendi, ama bir kez daha yinelenmesinde yarar var: kendisi de akıl hastanesine kapatılmış ve bir seferinde ilk karısının işaret ettiği gibi 'hiç bırakılmamış olması gereken' biriydi.

Ama bırakmışlardı onu işte. Ve sanatoryumdan son kez, bir daha hiç dönmemek üzere ayrıldığında kendi kendisine iki söz vermişti: (a) bir gün bu konuda bir şeyler yazacaktı ve (b) bu konuya açıkça el atmadan önce annesinin de babasının da ölmesini bekleyecekti; çünkü onları incitmek istemiyordu: onlar yaşamları süresince, yıllar yılı yaptıklarından dolayı suçluluk duymuşlardı.

Annesi 1993'te ölmüştü, ama babası, 1997'de seksen dört yaşını bitirmiş olmasına rağmen sağdı ve akli dengesi çok yerinde olduğu gibi sağlığı da iyiydi. Anfizemi vardı gerçi (ömründe sigara içmemiş olmasına karşın) ve huysuzluğuna hiçbir hizmetçi dayanamadığı için yıllardır ağzına dondurulmuş yiyeceklerden başka bir şey girmemişti, ama güçlü kuvvetliydi.

Böylece, Paulo Coelho, Veronika'nın öyküsünü duyduğunda, kendisine verdiği sözlerden caymaksızın bu konuya el atmanın bir yolunu bulduğuna inandı. İntiharı hiçbir zaman aklından geçirmemişti, ama tımarhane dünyasını –tedaviler, doktorlarla hastalar arasındaki ilişkiler, öyle bir yerde yaşamanın rahatlıkları ve gerginlikleri– yakından biliyordu.

Öyleyse Paulo Coelho ile dostu olan Veronika'yı bu kitaptan sonsuza dek uğurlayalım ve öykümüze dönelim.

Veronika ne kadar uyuduğunu bilmiyordu. Bir ara uyandığını –hâlâ ağzından burnundan tüpler fırlar durumda– ve bir sesin şöyle dediğini hatırlıyordu:

"Size mastürbasyon yapmamı ister misiniz?"

Ama şimdi, dört açtığı gözlerini odada dolaştırırken, o sözlerin gerçek mi yoksa halüsinasyon mu olduğunu kestiremiyordu. O tek anının dışında hiçbir şey, ama kesinlikle tek bir şey hatırlamıyordu.

Tüpleri çıkarmışlardı, ama vücudunun her yanına iğneler batırılmış durumdaydı hâlâ, kalbinin ve kafasının çevresinde birtakım teller takılı ve kolları hâlâ kayışlarla bağlı. Çırılçıplaktı, üstüne bir tek çarşaf örtülmüştü ve üşüyordu, ama şikâyet etmemeye kararlıydı. Yeşil perdelerle çevrili küçük bir alanı yatağı, yoğun bakım ünitesi ve kitap okuyan bir hemşirenin oturduğu beyaz bir iskemle tümüyle doldurmuştu.

Bu seferki kadının gözleri koyu renk, saçları kahverengiydi. Onun saatler –yoksa günler mi?– önce konuştuğu kadın olup olmadığını gene de çıkaramıyordu Veronika.

"Kollarımdaki kayışları açar mısınız?"

Hemşire başını kaldırdı, sert bir sesle "Hayır," dedikten sonra kitabına döndü.

Hayattayım, diye düşündü Veronika. Her şey yeniden başlayacak. Bir süre burada kalacağım, derken benim tamamen normal olduğumu anlayıp salıverecekler. Lyubliyana'nın sokaklarını göreceğim yeniden, kent meydanını, köprüleri, işe giden gelen insanları.

İnsanlar yardıma meraklı olduklarından –sırf kendilerini olduklarından daha üstün hissetmek için– kütüphanedeki işimi bana geri verecekler. Zamanla aynı barlara, gece kulüplerine gitmeye başlayacağım; arkadaşlarımla dünyanın sorunlarından, adaletsizliğinden söz edeceğiz, sinemalara gideceğim, göl kıyısında yürüyüşlere çıkacağım.

Hap almayı akıl ettiğim için herhangi bir sakatlığım yok, hâlâ genç, güzel ve zekiyim, erkek arkadaş bulmakta zorlanmayacağım, hiçbir zaman zorlanmadım zaten. Onlarla kendi evlerinde ya da koruluklarda sevişeceğim, belli ölçüde zevk alacağım, ama orgazm olur olmaz o boşluk duygusu geri gelecek. Konuşacak pek bir lafımız olmayacak ve ikimiz de bunu bileceğiz. Bir an önce sıvışmak için bahane uydurma ânı gelecek –'Geç oldu' ya da 'Yarın erken kalkman gerekiyor'– ve birbirimizin gözlerine bakmaktan çekinerek çabucak ayrılacağız.

Ben rahibelerin yanındaki kiralık odama döneceğim, kitap okumaya çalışacağım, TV'yi açıp hep aynı bildik programlara bakacağım, saati kuracağım ertesi sabah her sabahki aynı saatte çalıp beni uyandırsın, ben de kütüphaneye gidip her gün yaptığım aynı şeyleri makine gibi tekrarlayayım diye. Öğlende tiyatronun karşısındaki parkta her gün oturduğum bankta oturup sandviçimi yiyeceğim, her Allah'ın günü sandviçlerini yemek için hep aynı bankları seçen insanlar göreceğim, hepsinin yüzünde hep aynı boş bakış olacak, derin bir şeyler düşünüyormuş numarası yapacaklar.

Sonra işyerime döneceğim, kim kiminle çıkıyormuş, kimin ne hastalığı varmış, kim kocası yüzünden gözyaşı döküyormuş dedikodularına kulak kabartacağım ve kendimi ayrıcalıklı hissedeceğim: güzelim, iyi bir işim var, istediğim adamı elde edebilirim. Gün akşama döndüğünde gene o eski barlara uğrayacağım ve her şey gene yeniden başlayacak.

Kendimi öldürme girişimim yüzünden şu sıra üzüntüden aklı başından gitmiş olan annem, zamanla şoku atlatacak, hayatıma ne zaman bir yön vereceğimi, neden herkese benzemediğimi sormaya başlayacak yeniden, yaşamın aslında hiç de karmaşık olmadığını söyleyecek: "Bana baksana, yıllardır babanla evliyim, seni elimden gelebilecek en iyi şartlarda büyüttüm, hep sana en iyi örnek olmaya çalıştım."

Günün birinde onun hiç durmadan aynı sözleri tekrarlamasından bıkıp usanacağım, sırf onu hoşnut etmek için biriyle evlenip o adamı sevmeye zorlayacağım kendimi. İkimiz birlikte bir geleceğimiz olduğu hayalini kurmayı başaracağız: kırda bir ev, çocuklar, çocuklarımızın geleceği. İlk yıl sık sık sevişeceğiz, ikinci yıl daha az; üçüncü yıldan sonra insanın aklına herhalde ancak on beşte bir gelir seks, aklına geleni ise ayda bir gerçekleştirir. Daha da beteri, hemen hemen hiç konuşmayacağız. Durumu kabullenmeye çalışacağım, neyim eksik ki, bu adam artık benimle ilgilenmiyor, yüzüme bile bakmıyor, hep arkadaşlarından söz ediyor, sanki gerçek dünyası onlarmış gibisinden kendi kendimi sorgulayacağım.

Evliliğimiz iyice kötülediğinde gebe kalacağım. Çocuğumuz olacak, bir süre birbirimize yakınlaşacağız, sonra her şey gene eskisi gibi olacak.

Dün –ya da günlerce önce miydi bilmiyorum artık– o hemşirenin anlattığı teyze gibi kilo almaya başlayacağım. Perhizlere gireceğim, her gün, her hafta sistematik yenilgilere uğrayacağım, her türlü denetim çabama ısrarla karşı koyarak artan kilolar karşısında. O aşamada, depresyonu engelleyen sihirli haplar kullanmaya başlayacağım, derken bir-iki çocuk daha yapacağım, çok kısa süren aşk gecelerinin meyvesi olarak. Çocuklarımın yaşam nedenim olduğunu söyleyeceğim herkese, oysa aslında benim yaşamım onların yaşam nedenidir.

Herkes bizi mutlu bir çift olarak görecek, yüzeyde görünen mutluluğun altındaki yalnızlıklardan, öfkeden, tevekkülden kimsenin haberi olmayacak.

Derken, günün birinde, kocam ilk sevgilisini bulacak, ben o hemşirenin teyzesi gibi ortalığı ayağa kaldıracağım belki ya da kendimi öldürmeyi düşüneceğim bir kez daha. Ama o zamana dek yaşlanmış, korkaklaşmış olacağım. Bana gereksinme duyan iki-üç çocuğum olacak; her şeyi terk etmeden önce onları büyütüp dünyada bir yer edinmelerine yardımcı olmak zorunluluğunu duyacağım. Kendimi öldüreceğime rezalet çıkaracağım, çocukları alıp gitme tehdidini savuracağım. Her erkek gibi kocam da sinecek, beni sevdiğini, bir daha böyle bir şeyin olmayacağını yeminle söyleyecek. Onu gerçekten terk edecek olsam ana-babamın evinden başka gidecek bir yerim olmadığını, ömür boyu orada kalıp annemin dırdırını –mutluluk fırsatını elimden kaçırdığımı, her erkeğin böyle kaçamaklar yaptığını, aslında çok iyi bir adam olduğunu, kendini bilen kadının yerinin kocasının yanında olduğunu, çocukların bu ayrılıktan dolayı bunalımlar yaşayacağını– dinlemek zorunda kalacağımı aklına bile getirmeyecek.

Birkaç yıl sonra bir başka kadın girecek hayatına. Ya birlikte göreceğim onları ya da biri haber verecek, öğreneceğim kısaca. Ama bu kez öğrendiğimi açıklamayacağım, görmezden geleceğim. Tüm enerjimi ilk sevgiliyle boğuşmak için harcamışım, artık hiç enerjim kalmamış. Zaten hayalleri unutup yaşamı olduğu gibi kabullenmek daha iyi, daha kolay. Annem haklıymış.

O hep anlayışlı bir koca olacak; ben hep kütüphanede çalışmayı, öğlenleri tiyatronun karşısındaki parkta sandviçlerimi yemeyi, başlayıp başlayıp doğru dürüst bitiremediğim kitapları okumayı, on, yirmi, elli yıl öncekinden farklı olmayan televizyon programlarını izlemeyi sürdüreceğim.

Tek fark, sandviçleri yerken şişmanlıyorum, diye suçluluk duyacağım, evde beni bekleyen kocam ve çocuklarım olduğu için akşamları barlara gidemeyeceğim. Bundan sona geriye kalan tek şey çocukların büyümesini beklemek ve gün boyu intiharı düşünmek, ama bunu gerçekleştirecek cesareti bulamamak olacak. Günlerden bir gün, hayatın zaten bunlardan başka bir şey olmadığını, tasalanmanın gereksiz olduğunu, hiçbir şeyin değişmeyeceğini anlayacağım. Ve kabulleneceğim.

Veronika içsel konuşmasına son verirken bir de kendine söz verdi: Villete'ten sağ çıkmayacaktı. Hâlâ ölecek kadar sağlıklı ve cesurken her şeye bir son vermek en iyisiydi.

Birkaç kez uyuyup uyandı; her seferinde çevresindeki makinelerin azaldığını, gövde ısısının arttığını ve hemşirelerin değiştiğini fark etti; ama yanında her zaman biri vardı mutlaka. Yeşil perdenin ötesinden ağlama, inleme sesleri, sakin, teknik tınılı fısıltılar işitiyordu. Zaman zaman uzaktan bir makinenin vızıldadığını, koridorda ayak seslerinin çoğalıp hızlandığını da duyuyordu. O zaman seslerin sükûneti kayboluyor, teknik tınılar yerini gergin, aceleci emirlere bırakıyordu.

Aklının başında olduğu anlardan birinde, hemşirenin biri ona sordu:

"Nasıl olduğunuzu öğrenmek ister misiniz?"

Veronika, "Nasıl olduğumu zaten biliyorum," dedi. "Ve gövdemde sizin gördüğünüz değişikliklerle hiç ilgisi yok olanların. Olan her şey ruhumda oluyor."

Hemşire konuşmayı sürdürmeye çalıştı, ama Veronika uyuma taklidi yapmayı yeğledi.

Gözlerini bir kez daha açtığında, yerinin değiştirilmiş olduğunu kavradı; bulunduğu yer büyükçe bir koğuşa benziyordu. Hâlâ koluna takılı bir serum şişesi vardı, ama başka her türlü tel ve iğne çıkarılmıştı.

Yatağının ayak ucunda dikilmiş olan uzun boylu hekimin sırtındaki geleneksel beyaz ceket, karga kanadı karasına boyanmış saçları ve sakalıyla keskin bir karşıtlık oluşturuyordu. Hemen yanında duran daha genç bir doktor, elindeki dosyaya birtakım notlar almaktaydı.

"Ne kadar zamandır buradayım?" diye sordu Veronika, zorlukla konuştuğunu, ağzından çıkan sözcüklerin birbirine karıştığını fark ederek.

"İki haftadır bu koğuştasınız, daha önce beş gün de yoğun bakımda kaldınız," diye karşılık verdi daha yaşlı olan adam. "Hâlâ burada olduğunuza şükredin."

Daha genç olan adamın yüzünde bir şaşkınlık ifadesi belirdi, sanki son söylenen cümle gerçeklere uymuyormuş gibi. Veronika bu tepkiyi hemen fark etti, içgüdüleri uyanmıştı: Yoksa burada daha uzun bir süre mi kalmıştı? Hayatı hâlâ tehlikede miydi? İki adamın yaptığı her harekete, her jeste dikkat etmeye başladı. Soru sormanın anlamsız olduğunu biliyordu; ona gerçeği söylemezlerdi kesinlikle, ama kafasını kullanırsa neler olup bittiğini öğreneceğine inanıyordu.

"Adınızı, adresinizi, evlilik durumunuzu ve doğum tarihinizi söyleyin bana," dedi yaşlı adam.

Veronika, adını, evlilik durumunu ve doğum tarihini bildi, ama belleğinde bazı delikler olduğunu anladı: Adresini tam olarak hatırlayamadı.

Doktor, gözlerine bir ışık tutarak her ikisini de uzun uzun inceledi sessizce. Genç adam da aynı şeyi yaptı. Sonra bakıştılar, ama anlamsızca.

"Gece hemşiresine, ruhunuzu göremeyeceğini mi söylediniz?" diye sordu genç adam.

Veronika hatırlayamadı. Kim olduğunu, orada neden bulunduğunu toparlamakta güçlük çekiyordu.

"Bir süredir ilaçla yapay bir uyku durumunda tutuluyordunuz, bu da belleğinizi etkilemiş olabilir, ama tüm sorularımızı yanıtlamaya çalışın lütfen."

Ve doktorlar anlamsız bir sorgulamaya giriştiler, Lyubliyana'da yayımlanan belli başlı gazetelerin adlarını, büyük meydanda heykeli bulunan şairin adını (bak işte, bunu unutması söz konusu olamazdı, Preseren'in imgesi her Slovenyalı'nın ruhunda kazılıydı) annesinin saçlarının rengini, işyerindeki meslektaşlarının adlarını, kütüphanedeki kitaplardan hangilerinin en revaçta olduğunu öğrenmek istiyorlardı.

Başlangıçta Veronika yanıt vermemeyi düşündü –kafası hâlâ çok karışıktı– ama sorular birbiri ardına dizildikçe, unuttuklarını toparlamaya başladı. Bir aralık akıl hastanesinde olduğunu ve delilerin uyumlu konuşmak zorunda olmadıklarını hatırladı; ama kendi iyiliği için, hekimlerin ondan yana olmalarını sağlamak ve durumu hakkında doğru dürüst bir şeyler öğrenmek amacıyla kafasını zorladı. Adları ve olguları birbiri ardına sıralarken yalnızca belleğini değil, kişiliğini de, isteklerini, dünya görüşünü de yeniden kazanıyordu. Daha o sabah katman katman yatıştırıcı ilacın altına gömülü olan intihar düşüncesi yeniden su yüzüne çıktı.

Sorgulamanın sonunda yaşlı adam, "İyi!" dedi.

"Burada daha ne kadar kalmak zorundayım?"

Genç adam gözlerini kaçırdı. Her şeyin havada asılı durduğunu fark etti Veronika, sanki bu sorunun yanıtı verildiği anda yaşamının yeni bir bölümü yazılacak ve hiç kimse onu değiştirmeyi başaramayacaktı.

Yaşlı adam, "Ona söyleyebilirsin," dedi. "Öteki hastaların birçoğu dedikoduyu duymuş, sonunda öğrenecek nasıl olsa; burada sır saklamak olanaksız."

Genç adam içini çekti, "Yazgınızı kendiniz karara bağlamışsınız zaten," dedi, her sözcüğü neredeyse heceleyerek. "Davranışlarınızın sonucunu öğrenmenizde yarar var: Aldığınız haplar sonucu girdiğiniz koma sırasında kalbiniz geri dönüşümsüz bir hasara uğramış... Ventrikl nekrozu oluşmuş..."

Yaşlı adam, "Tıbbi terimleri bırak," dedi. "Doğrudan söyle, anlayabileceği bir dille."

"Kalbiniz geri dönüşümsüz bir hasara uğradığından yakında duracak."

Veronika korkuyla sordu: "Ne demek bu?"

"Kalbin durması yalnızca bir anlama gelir: ölüm. Dinsel inançlarınızın ne olduğunu bilmiyorum ama..."

Veronika onun sözünü kesti: "Kalbim ne zaman duracak?" diye sordu.

"Beş gün içinde, en fazla bir hafta sonra."

Veronika fark etti ki, genç adam bütün profesyonel görünüş ve davranışına, üzgünmüş havasına karşın, söylediklerinden derin bir zevk almaktaydı; sanki kız bu cezayı hak etmişti ve başkaları onun örneğinden ders alacaklardı.

Yaşamı boyunca pek çok kez fark etmişti Veronika, tanıdığı bir sürü insan başkalarının başına gelen korkunç olaylardan sanki gerçekten üzgünmüş ve yardım etmek istiyorlarmış gibi söz ederlerdi, ama işin gerçeği, başkalarının acılarından zevk aldıklarıydı; çünkü böylece kendilerinin mutlu ve şanslı olduklarına inanabiliyorlardı. O tür insanlardan nefret ederdi, genç doktorun şimdi içinde bulunduğu durumdan yararlanarak kendi eksikliklerini maskelemesine izin verecek değildi.

Gözlerini onunkilerden ayırmadan gülümsedi: "Demek oluyor ki, başarmışım," dedi.

Sert bir "Evet," yanıtı geldi. Ona bu trajik haberi verirken duyulan keyif tümüyle yok olmuştu.

Gene de, geceleyin korkmaya başladı. Bir avuç hap alarak çabucak ölmek başkaydı, beş gün ya da bir hafta ölümün gelmesini beklemek çok daha başka; hem de bunca acıyı çektikten sonra.

Tüm ömrünü bir şeyler bekleyerek geçirmişti zaten; babasının işten eve dönmesini beklemek, sevgiliden gelecek, ama hiç gelmeyen mektubu, yıl sonu sınavlarını, treni, otobüsü, telefonu, tatilleri, tatillerin sonunu beklemek, hep beklemek. Şimdi de, kendisiyle önceden randevulaşmış olan ölümü beklemek zorundaydı.

'Böyle bir şey ancak benim başıma gelebilir. Normalde insanlar en beklemedikleri gün ölürler.'

Buradan sıvışıp bir yerlerden başka haplar bulmak zorundaydı. Bulamazsa, tek çare Lyubliyana'nın en yüksek binasından atlamaksa, öyle yapacaktı. Ana-babasının gereğinden fazla acı çekmelerini engellemeye çalışmıştı, ama bu durumda başka seçeneği yoktu.

Çevresine göz gezdirdi. Bütün yataklarda uyuyan insanlar vardı, kimileri bangır bangır horlamaktaydı. Pencereler demir parmaklıklıydı. Koğuşun öteki ucunda yanan küçük parlak bir ışık her yana tuhaf gölgeler düşürüyor, ayrıca koğuşun her an gözetim altında olduğuna işaret ediyordu. Işığın yakınında bir kadın kitap okuyordu.

'Buranın hemşireleri müthiş kültürlü olmalılar, hayatları kitap okumakla geçiyor.'

Veronika'nın yatağı kapıdan en uzak olanıydı, kendisiyle kadın arasında en az yirmi yatak vardı. Güçlükle kalktı yerinden, ne de olsa, hekimin dediği doğruysa, neredeyse üç haftadır yürümemişti. Hemşire başını kaldırdı, serum şişesini sürükleyerek yaklaşan kızı gördü.

"Tuvalete gitmek istiyorum," diye fısıldadı kız, öteki deli kadınları uyandırmaktan çekinerek.

Kadın başıyla kapıyı işaret etti. Veronika'nın kafası hızla çalışıyor, gözleri kaçış yolları, bir çatlak, bir delik, bir açık arıyordu. 'Hemen kaçmam gerek, beni harekete geçemeyecek kadar zayıf ve bitkin sandıkları sırada.'

Çaktırmadan çevresine bakındı. Tuvalet bölmesinin kapısı yoktu. Oradan çıkabilmek için hemşireye saldırıp onu alt etmesi, anahtarı elinden alması gerekecekti ki, bunu yapamayacak kadar bitkindi.

Hemşire okumayı bırakmış, gözlerini ona dikmiş, her hareketini izliyordu.

"Burası hapishane mi?" diye sordu kız.

"Hayır, akıl hastanesi."

"Ben deli değilim ki."

Kadın güldü.

"Hepsi öyle der."

"Peki öyleyse, deliyim. Ne demek bu?"

Kadın ona fazla ayakta durmamasını, yatağına dönmesini söyledi.

"Deli olmak ne demek?" diye ısrar etti Veronika.

"Yarın doktora sorarsın. Şimdi yatıp uyumaya bak, yoksa istesen de istemesen de yatıştırıcı iğne vurmak zorundayım."

Veronika ikiletmedi. Yatağına doğru yürürken, öteki yataklardan birinden bir fısıltı geldi:

"Deli olmanın ne demek olduğunu bilmiyor musun?"

Bir an sesi duymazlıktan gelmeyi düşündü: Burada dostlar edinmek, çevresini genişletmek, genel bir isyan örgütlemek için yandaş toplamak niyetinde değildi. Kafasında bir tek saplantı vardı: Kaçamazsa, kendini bir an önce burada öldürmenin yolunu bulmak zorundaydı.

Oysa kadın biraz önce hemşireye sorduğu aynı soruyu sormuştu.

"Deli olmak ne demek, bilmiyor musun?"

"Kimsin sen?"

"Adım Zedka. Yatağına gir, hemşire uyuduğunu sandığında, sürünerek buraya gel."

Veronika yatağına döndü, hemşirenin yeniden kitabına dalmasını bekledi. Deli olmak ne demekti? En ufak bir fikri yoktu, çünkü bu sözcüğü herkes kendi bildiği gibi kullanıyordu: örneğin, bazı sporcular rekor kırmak için canlarını dişlerine taktıklarında onlara deli deniyordu; ya da tuhaf, güvensiz, normal insanlarınkinden çok farklı yaşamlar sürdüren sanatçılar deliydiler. Öte yandan, kışın Lyubliyana sokaklarında dolaşan, paçavralarla, plastik torbalarla doldurdukları el arabalarını sürükleyerek dünyanın sonunun geldiğini ilan eden, ince giysili insanlar görmüştü Veronika.

Uykusu yoktu. Doktorun dediğine bakılırsa neredeyse bir hafta gece-gündüz uyumuştu, derin duygulanmalardan uzak, dinlenme dönemleri kesin saatlerle belirlenmiş bir yaşama alışık olan biri için çok uzun bir süreydi bu. Deli olmak ne demekti? Belki delilerden birine sormakta yarar vardı.

Veronika yatağının yanında çömeldi, serum iğnesini kolundan çekip çıkardı, midesinin birden bulanmaya başlamasına aldırmayarak, sürüne sürüne Zedka'nın yanına gitti. Kalbi zayıfladığı için mi bulanıyordu midesi, yoksa göstermek zorunda kaldığı aşırı çaba yüzünden mi, bilemiyordu.

"Deli olmak ne demek, bilmiyorum," diye fısıldadı. "Ama deli olmadığımı biliyorum. Başarısız bir intihar girişimi benimkisi, hepsi bu."

"Kendi dünyasında yaşayan herkes delidir. Şizofrenler, piskopatlar, manyaklar. Yani, başkalarından farklı olanlar."

"Yani, senin gibiler mi?"

Zedka soruyu duymazdan gelerek devam etti: "Öte yandan bir Einstein var, zaman ile uzamın ayrı şeyler değil bir karışım olduğunu söylüyor. Ya da bir Kristof Kolomb, dünyanın öte ucunda bir uçurum değil başka bir kıta olduğunu ileri sürmüş. Ya da, insanoğlunun Everest'in zirvesine ulaşabileceğine inanan bir Edmond Hillary var. Sonra Beatles, bambaşka bir müzik yarattılar, eski çağlardaki insanlar gibi giyindiler. Bütün bu kişiler ve daha binlercesi, hep kendi dünyalarında yaşadılar."

'Bu deli kadın bayağı akıllıca konuşuyor,' diye düşündü Veronika. Annesinin anlattığı kimi öykülerde azizlerin İsa Peygamber ile, Bakire Meryem'le konuştuklarına yemin ettiklerini hatırladı. *Onlar* da mı kendi dünyalarında yaşıyorlardı?

"Bir seferinde bir kadın görmüştüm, yakası iyice açık bir entari giymişti, gözleri donuk donuk bakıyordu, hava eksi beşken Lyubliyana sokaklarında dolaşıyordu. Sarhoş olduğunu sandım, ona yardım etmeye davrandım, ama ona ceketimi verme önerimi reddetti. Belki de onun dünyasında mevsim yazdı, bedeni onu bekleyen kişinin tutkusuyla ısınmıştı. O kişi yalnızca onun deli hayallerinde yaşıyorduysa bile, istediği gibi yaşamaya ve ölmeye hakkı vardı, ne dersin?"

Veronika ne diyeceğini bilemedi, ama deli kadının sözleri ona akla yakın gelmişti. Kimbilir, belki de Lyubliyana sokaklarında yarı çıplak dolaşan bu kadın kendisinden başkası değildi.

"Sana bir öykü anlatacağım," dedi Zedka. "Çok güçlü bir büyücü, bütün bir ülkeyi yok etmek ister, o ülke halkından herkesin su çektiği bir kuyuya sihirli bir madde atar. Kuyunun suyunu kim içerse delirecektir.

"Ertesi sabah, herkes kuyudan su çekip içer, hepsi de delirir. Yalnızca kraliyet ailesi, kendilerine ait özel bir kuyudan su çektiklerinden, sihirbaz da o kuyuyu zehirlemeyi beceremediğinden, delirmezler. Tabii kral çok kaygılanır, halkının sağlığını ve güvenliğini sağlamak için bir dizi emir verir. Ancak polisler ve müfettişler de halkın içtiği sudan içmiş olduklarından, kralın emirlerini saçma bulur, uygulamazlar.

"Ülkede yaşayanlar kralın emirlerini duyduklarında onun çıldırdığına inanırlar, hep birlikte şatosunun önünde toplanıp tacını ve tahtını bırakması için gösteriler yaparlar. Umutsuzluk içindeki kral tahtından inmeye hazırlanırken kraliçe ona engel olarak der ki '*Gel, biz de o kuyunun suyundan içelim, o zaman biz de onlar gibi oluruz.*'

"Ve öyle yaparlar: Kral ile kraliçe de cinnet suyunu içip ânında saçma sapan konuşmaya başlarlar. Bu durumda halk taşkınlığından dolayı pişman olur; öyle ya madem kral bu kadar bilgece konuşuyor, onu alaşağı etmenin bir anlamı yoktur.

"Ülkede barış ve huzur yeniden hüküm sürer, bu halk komşularından epeyce farklı bir hayat tarzı benimsemiştir, ama kral ölümüne dek ülkesini yönetebilmiştir."

Veronika güldü.

"Sen bana hiç deli gibi görünmüyorsun," dedi.

"Deliyim elbette. Gerçi tedavi görüyorum, çünkü benim sorunum belli bir kimyasal maddenin bünyemde bulunmaması. Öte yandan, bu maddeyi içeren ilaçların kronikleşen depresyonumu geçirmesini istemekle birlikte, deliliğim devam etsin istiyorum; yaşamımı başkalarının istediği gibi değil de kendi hayallerime uygun biçimde sürdüreyim, fena mı? O dışarıdakiler, Villete'in duvarlarının öte yanındakiler kimler, biliyor musun?"

"Hep aynı kuyunun suyunu içmiş olanlar."

"İyi bildin," dedi Zedka. "Kendilerini normal sanıyorlar, çünkü hepsi hep aynı şeyleri yapıyorlar. Ben de işte, onların kuyusundan içmiş numarası yapacağım."

"O dediğini ben çoktan yaptım. Esas sorunum da bu zaten. Hiç depresyon geçirmedim, ne derin bir keder, ne de müthiş bir mutluluk duymuşluğum var ömrümde, olmuşsa bile çok kısa sürmüştür. Benim sorunlarım herkesinkinden farksız."

Zedka bir süre ses çıkarmadı, sonra,

"Senin öleceğini söylediler bize," dedi.

Veronika bir an kararsız kaldı. Bu kadına güvenebilir miydi? Riski göze almak zorundaydı.

"Evet, beş-altı gün içinde. Daha erken ölmenin bir yolu var mı acaba diye düşünüyorum. Sen ya da bir başkası bana bir miktar daha hap sağlayabilirse, eminim bu kez kalbim dayanmaz. Ölümü beklemek çok korkunç bir şey, sen de tahmin edersin, bana yardım et, ne olur."

Zedka karşılık veremedi, çünkü o an hemşire başlarında bitmişti, elinde de bir iğne vardı.

Kadın, "İğneyi kendim yapabilirim," dedi, "ya da senin davranışların doğrultusunda dışarıdaki nöbetçileri yardıma çağırabilirim."

"Enerjini boşa harcama," dedi Zedka, Veronika'ya. "Benden istediğini elde etmek istiyorsan gücünü kuvvetini kendine sakla."

Veronika yerden kalktı, kendi yatağına döndü, hemşirenin görevini yapmasına izin verdi.

Akıl hastanesinde geçirdiği ilk normal gündü. Koğuştan çıktı, kadınlarla erkeklerin birlikte yemek yedikleri geniş bir yemekhanede kahvaltısını yaptı. Bu gibi yerlerin filmlerde genellikle gösterilenlerden –isterik sahneler, bağırıp çağırmalar, anlamsız hareketler yapan insanlar, vs.– ne kadar değişik olduğunu fark etti. Her şey ağır bir sessizlik havasına bürünmüş gibiydi; görünüşe bakılırsa kimse kendi iç dünyasını yabancılarla paylaşmaya hevesli değildi.

Kahvaltıdan sonra (ki hiç de fena değildi, Villete'te yemeklerin kötü olduğu söylentisi yalandı demek) hep birlikte güneşe çıktılar. Aslında güneş falan yoktu, ısı sıfırın altında, bahçe karla kaplıydı.

"Buraya hayatımı kurtarmak için değil, ölmek için geldim," dedi Veronika, hemşirelerden birine.

"Gene de güneşe çıkmanız gerek."

"Asıl deli sizlersiniz. Güneş müneş yok."

"Ama ışık var, bu da hastaları yatıştırmaya yardımcı oluyor. Ne yazık ki bizim kışlarımız uzun sürüyor, sürmeseydi işimiz çok daha kolay olurdu."

Kadınla tartışmak anlamsızdı; Veronika dışarı çıktı, bahçede biraz yürüdü, çaktırmadan çevresine bakarak kaçış yolları arandı. Duvar yüksekti, eski tip kışlaları yapanlar buna hep gerek duymuşlardı; ama vaktiyle nöbet tutulan gözetleme kuleleri boştu. Bahçede bir sürü askeri görünümlü bina vardı, şimdilerde bu binalarda kadın ve erkek koğuşları, yönetim büroları ve çalışanların yatıp kalktıkları yerler vardı. Çevreyi kısaca inceledikten sonra, gerçekten korunan tek yerin bahçenin esas kapısı olduğunu fark etti; orada iki nöbetçi, giren çıkan herkesin evrakını denetliyordu.

Kafasında her şey yerli yerine oturmaya başlamıştı. Belleğini toparlamak amacıyla birtakım alıştırmalar yapıyor, küçük, önemsiz şeyleri hatırlamaya çalışıyordu: Odasının anahtarını sakladığı yer, geçenlerde satın aldığı plak, kütüphanede en son istenilen kitabın adı gibi şeyler.

Ona yaklaşan bir kadın, "Ben Zedka'yım," dedi.

Bir gece önce onun yüzünü görememişti Veronika, konuştukları sürece yatağının yanında yere çömelmiş durumdaydı. Zedka otuz beş yaşlarındaydı, normal görünüyordu.

"Vurdukları iğne çok kötü gelmemiştir umarım. Bir süre sonra beden alışıyor, yatıştırıcılar etkisini yitiriyor."

"İyiyim."

"Dün akşam konuştuklarımızı hatırlıyor musun, benden ne istediğini?"

"Elbette hatırlıyorum."

Zedka onun koluna girdi, birlikte bahçedeki pek çok yapraksız ağacın arasında yürümeye başladılar. Duvarların ötesinde, tepeleri bulutlara karışan dağlar görünüyordu.

"Soğuk, ama gene de şahane bir sabah," dedi Zedka. "Tuhaftır, hiç bunun gibi soğuk, bulutlu, kurşuni günlerde azmazdı depresyonum. Sanki doğa benimle uyum içindeymiş, ruhumu yansıtıyormuş gibi gelirdi. Güneş açıp da çocuklar oyun oynamak için sokaklara çıktıklarında, ne kadar güzel bir gün diye herkes umutlandığında ben kendimi çok kötü hissederdim; benim bir türlü katılamadığım bir coşkunluk gösterisini haksızlık olarak düşünürdüm."

Veronika çok ince ve dikkatli bir hareketle kadının kolundan çıktı. Fiziksel temaslardan hoşlanmazdı.

"Demin başladığın sözü bitirmedin. Dün akşam sana sorduğum şeyden söz açmıştın."

"Burada bir grup insan var ki, hem kadınlar hem de erkekler, istedikleri takdirde çıkıp evlerine dönebilirler, ama buradan ayılmak istemiyorlar. Bunun birçok nedeni var: Villete herkesin dediği kadar kötü bir yer değil, tabii beş yıldızlı otel de değil, o başka. İçeride oldukları sürece insanlar istediklerini söyler, istediklerini yaparlar, kimse de karşı çıkamaz, eleştiremez, ne de olsa akıl hastanesindeyiz. Derken, hükümet müfettişleri geldiğinde, bu kişiler tehlikeli manyaklar gibi davranıyorlar, çünkü bazıları burada devlet parasıyla kalıyorlar. Doktorlar durumu pekâlâ biliyorlar, ama herhalde hastane sahiplerinden her şeyin olduğu gibi devam etmesi için emir almışlar, çünkü hastadan çok boş yatak var burada."

"Bunlar bana hap sağlayabilirler mi?"

"Kendileriyle bağlantı kurmaya çalış. Gruplarına *Kardeşlik Çemberi* adını takmışlar."

Zedka ak saçlı bir kadını işaret etti, kadın daha gençlerle heyecanlı heyecanlı bir şeyler konuşuyordu.

"Onun adı Mari, Kardeşlik Çemberi'nin de üyesi. Ona sor."

Veronika Mari'ye doğru yürümeye davrandı, ama Zedka onu durdurdu.

"Yoo, şimdi olmaz. Şimdi keyfi yerinde. Kendisine zevk veren bir şeyden sırf tanımadığı birine yardım etmek için vazgeçmeyecektir. Ters bir tepki gösterirse bir daha ona yanaşamazsın. '*Deliler*' ilk izlenimi çok ciddiye alırlar."

Zedka'nın 'deli' sözcüğünü kullanış biçimine güldü Veronika, ama aynı zamanda kaygılandı da, çünkü burada her şey ona çok normal ve hoş gözüküyordu. Yıllar yılı her gün işten bara, bardan bir sevgilinin yatağına, yataktan kendi odasına, kendi odasından annesinin evine mekik dokumuş biri olarak, aklına hayaline gelmemiş bir yaşantının içine düşmüştü: akıl hastanesi, delilik, tımarhane, insanların deli olduklarını kabullenmekten çekinmedikleri, sırf başkalarına hoş görünmek için keyifli bir durumdan vazgeçmedikleri bir yer.

Zedka'nın ciddiyetinden kuşkulanmaya başladı ya da akıl hastalarının başkalarından daha iyi bir yaşam sürdürdüklerine kendi kendilerine inandırmanın bir yolu muydu bu? Ama ne önemi vardı? Şu anda ilginç, farklı, tümüyle beklenmedik bir yaşantı içindeydi: İnsanların akıllarına geleni rahatça yapabilmek için deli numarasına yattıkları bir yer düşünün...

Tam da bunu düşündüğü anda Veronika'nın kalbi bir çırpındı. Birden doktorun dediklerini hatırlamış, korkuya kapılmıştı.

"Biraz yalnız yürümek istiyorum," dedi Zedka'ya. Ne de olsa '*deli*'ydi ve kimseyi hoşnut etmek zorunda değildi.

Kadın uzaklaştı, Veronika durduğu yerde, duvarların ötesindeki dağlara bakmaya koyuldu. Hafif bir yaşama isteği içinde yükselmek üzereydi ki, Veronika kendini toplayıp inatla onu geri itti.

"En kısa sürede şu hapları ele geçirmeliyim."

Durumu kısaca gözden geçirdi; hiç de ideal bir konumda değildi. Yapmak isteyebileceği her türlü deliliğe izin verilse bile, ne yapacağını, nereden başlayacağını bilemezdi.

Ömründe hiçbir delilik yapmamıştı.

Bahçede bir süre kalındıktan sonra herkes yemekhaneye dönüp öğle yemeği yedi. Yemekten hemen sonra hemşireler erkekleri de kadınları da çok geniş, ama bir sürü küçük alana bölünmüş bir salona götürdüler;

burada masalar, sandalyeler, kanepeler, bir piyano, bir televizyon ve dışarıdaki gri gökyüzünü, alçak bulutları gören kocaman pencereler vardı. Pencerelerde parmaklık yoktu, çünkü salon bahçeye açılıyordu. Hava soğuk olduğu için kapılar kapalıydı, ama canı isteyen herkes tokmağı çevirdiği anda yeniden dışarı çıkıp ağaçlar arasında dolaşabilirdi.

Çoğunluk televizyonun karşısına oturdu. Kimileri gözlerini boşluğa diktiler, kimileri alçak sesle kendi kendilerine konuşmaya koyuldular. Yaşlı kadın Mari'nin kalabalık bir grup arasında geniş salonun bir köşesine çekildiğini fark etti Veronika. Onlara yakın yerlerde yürüyenler de vardı, Veronika bunlara katılıp grup üyelerinin konuştuklarına kulak kabartmaya karar verdi.

Niyetini elinden geldiğince sakladığını sanıyordu, ama ne zaman iyice yaklaşsa hepsi susuyor, gözlerini ona dikiyorlardı.

Kardeşlik Çemberi'nin (gerçekten böyle bir grup varsa ve Zedka göründüğünden daha deli değilse) lideriymiş gibi duran yaşlıca bir bey, "Ne istiyorsun?" diye sordu.

"Hiç, buradan geçiyordum."

Ötekiler bakıştılar ve kafalarıyla birtakım delice hareketler yaptılar. Biri "Buradan geçiyormuş," dedi bir başkasına. O başkası aynı şeyi daha yüksek sesle tekrarladı, çok geçmeden hepsi aynı sözleri bağıra bağıra yinelediler.

Veronika ne yapacağını bilemedi, korkudan kasılmış bir şekilde oracıkta durakaldı. İriyarı, tuhaf bakışlı bir erkek bakıcı yanlarına gelerek neler olduğunu sordu.

Topluluk üyelerinden biri, "Hiç," dedi. "Buradan geçiyormuş. Bir saattir aynı yerde dikilmiş duruyor, ama gene de geçiyormuş."

Bütün grup birden kahkahalara boğuldu. Veronika ironik bir tavır takınarak gülümsedi, arkasını dönüp uzaklaştı, gözlerinin yaşlarla dolmakta olduğunu kimsenin görmesini istemiyordu. Üstüne bir ceket ya da manto almayı akıl etmeyerek doğruca bahçeye çıktı. Hemşirelerden biri onu içeri girmeye ikna etmeye çalışıyordu ki, başka bir hemşire gelip birincinin kulağına bir şeyler fısıldadı, derken ikisi birden onu soğukta bırakıp içeri girdiler. Öyle ya, ölüme bunca yakın olan birinin sağlığına dikkat etmesini istemek boşunaydı.

Kafası karmakarışıktı, gergin ve kendi kendisine öfkeliydi. Ömründe hiçbir kışkırtmaya kapılmamıştı; yeni bir durum baş gösterdiğinde serinkanlı ve uyanık davranması gerektiğini çok eskiden öğrenmişti. Gene de, bu deliler içinde utanç, korku, öfke duyguları, hepsini de öldürme, en azından dile getirmeye çekindiği sözcüklerle onları yaralama isteği uyandırmayı başarmışlardı.

Belki de aldığı haplar ya da onu komadan çıkarmak için kullanılan ilaçlar kendi kendini korumayı başaramayan zayıf bir kadına dönüştürmüştü onu. Yeniyetme bir kızken bile bundan çok daha kötü durumlarla karşı karşıya kalmıştı, ama ömründe ilk kez gözyaşlarını tutamaz hale gelmişti şimdi. Eskiden olduğu kişi gibi olmak istiyordu yeniden: ironik tepkiler verebilen, hepsinden üstün olduğunu bildiği için bu gibilerin aşağılamalarına aldırmazlıkla davranabilen biri olmak istiyordu. Öyle ya, o grubun hangi üyesi ölümü isteyecek cesareti göstermişti acaba? Villete'in duvarlarının gerisinde saklanmış bu kişilerden hangisi ona yaşam hakkında herhangi bir şey öğretebilirdi? Onlardan herhangi bir konuda medet umacağına, ölmek için beş-altı gün beklemeye bile razıydı.

"Bir gün geçti bile, geriye dört-beş gün kaldı."

Biraz daha yürüdü, dondurucu soğuğun gövdesine dolmasına, çok hızlı akan kanını durgunlaştırmasına, çok fazla çarpan kalbini yavaşlatmasına fırsat verdi.

"Olacak iş mi yani, şurada sayılı birkaç günüm kalmış, ilk kez gördüğüm, çok geçmeden hiç görmeyeceğim insanların saçma laflarını önemsiyorum. Kafayı takıp sinirleniyorum, onlara saldırmak, kendimi savunmak istiyorum. Değer mi? Ne diye boşa vakit harcıyorum?"

Ama işte, çok az kalmış olan vaktini harcıyor, bu tuhaf topluluk içinde kendinin saydığı küçücük alanı korumak için savaşıyordu; zaten burada başkalarının kurallarını sana empoze etmelerini önlemek için savaşmak gerekiyordu.

"İnanamıyorum, eskiden hiç böyle değildim. Aptalca şeyler için kavga etmezdim hiç."

Buz tutmuş bahçenin ortasında durakaldı. Sorun buydu işte: Her şeyi aptalca bulduğu için yaşamın kendisine empoze ettiği şeyleri kabullenmişti her zaman. İlkgençliğinde seçim yapmak için çok erken olduğuna inanmış, gençliğinde, yani şimdi ise, değişmek için çok geç kaldığını düşünmüştü.

Peki, bugüne kadar enerjisini neye harcamıştı? Yaşamının olduğu gibi devam etmesini garantiye almaya çalışmaya. Ana-babası kendisini çocukluğunda olduğu gibi sevmeyi sürdürsünler diye pek çok isteğinden vazgeçmişti – oysa gerçek sevginin zamanla değişip geliştiğini, yeni ifade yolları keşfettiğini bilmiyor muydu? Bir gün, annesi gözyaşları içinde evliliğinin sona erdiğini ona açıkladığında, Veronika gidip babasını bulmuş, ağlamış, tehditler savurmuş, sonunda yuvasını terk etmeyeceğine dair söz koparmıştı ondan. Ana-babasının bu yüzden ödeyecekleri yüksek bedel aklına bile gelmemişti.

Bir iş bulmaya karar verdiğinde, yepyeni ülkesinin yepyeni kurulan bir şirketinden gelen çekici öneriyi reddetmiş, halk kütüphanesine de, parası az, ama güvenliği olan bir iş diyerek girmeyi yeğlemişti. Her gün işe gidiyor, hiç geç kalmıyor, üstlerinin kendisini bir tehdit olarak görmemeleri için elinden geleni yapıyordu; rahatı yerindeydi, herhangi bir mücadeleye girişmediği için herhangi bir gelişme de kaydetmiyordu; tek istediği ay sonunda maaşını almaktı.

Manastırda oda kiralamıştı, çünkü rahibeler herkesin belli bir saatte dönmesini şart koşuyor, o saatten sonra kapıyı kilitliyorlardı. Vaktinde dönmeyen sokakta yatmak zorundaydı. Böylece geceyi otel odalarında ya da yabancı yataklarda geçirmemek için erkek arkadaşlarına gösterecek sahici bir gerekçeye sahip olmuştu her zaman.

Evlenmeyi hayal ettiğinde, kendisini hep Lyubliyana banliyölerinden birinde, babasına hiç benzemeyen bir adamla birlikte görürdü. Ailesini geçindirecek kadar para kazanan, şömineli bir evde onunla birlikte yaşamakla, kar kaplı dağları pencereden seyretmekle yetinecek bir adam.

Erkeklere belirli bir miktar zevk vermeyi öğretmişti kendine, ne daha çok, ne daha az, yalnızca gerektiği kadar. Kimseye öfkelenmezdi, çünkü bu, belli bir tepki göstermek, düşmanla savaşmak, kin ve öc gibi hiç beklenmedik sonuçlara varacak durumlarla baş etmek anlamına gelecekti.

Hayatta istediği hemen hemen her şeye kavuştuktan sonra, varlığının hiçbir anlama gelmediği sonucuna varmıştı, çünkü her şey her gün aynıydı. Böylece ölmeye karar vermişti.

Veronika yeniden içeri girdi, odanın bir köşesinde toplanmış olan gruba doğru yürüdü. Heyecanlı bir konuşma içindeydiler, ama o yaklaşır yaklaşmaz sustular.

Doğruca, grubun lideri gibi görünen yaşlı adamın yanına gitti, hiç kimseye onu engelleyecek vakit bırakmadan adamın suratına okkalı bir tokat indirdi.

"Bir tepki göstermeyecek misin?" diye bağırdı, öyle ki salondaki herkes onu duyabilirdi. "Bir şey yapmayacak mısın?"

"Hayır," dedi adam, elini yüzünde şöyle bir gezdirerek. Burnundan hafifçe kan sızıyordu. "Uzun süre başımıza bela olacak değilsin."

Zafer kazanmış bir edayla salondan çıkıp koğuşuna döndü Veronika. Ömründe hiç yapmadığı bir şey yapmıştı.

Zedka'nın, 'Kardeşlik Çemberi' adını verdiği grupla arasında geçen bu olayın üstünden üç gün geçti. Veronika tokadı patlattığına pişman olmuştu, adamın tepkisinden korktuğu için değil de, farklı bir şey yapmış olduğu için. Dikkat etmezse, bu gidişle hayatın yaşamaya değer olduğuna inanabilirdi; bu da ona gereksiz yere acı verecek bir şeydi, çünkü bu dünyadan çok yakında ayrılacağını biliyordu.

Tek seçeneği her şeyden ve herkesten uzak durmak, mümkün olduğunca eskiden olduğu kişi gibi davranmak, Villete'in koşul ve kurallarına uymaktı. Hastanenin yürüttüğü tekdüze gidişe uyum sağlamıştı bile: erken kalk, kahvaltı et, bahçede yürüyüşe çık, öğle yemeği ye, salona git, sonra bir yürüyüş daha, sonra akşam yemeği, televizyon seyri ve yatak.

Her gece, Veronika uykuya dalmadan önce elinde iğneyle bir hemşire bitiyordu yanında. Bütün öteki kadınlar hap alıyorlardı, iğne olan bir tek Veronika vardı. Şikâyetçi değildi, ama uyku sorunu olmadığı halde neden yatıştırıcı iğne yapıldığı konusundaki merakını da dile getirmeden edemedi. Verilen ilacın yatıştırıcı değil, kalbi için olduğunu açıkladılar.

Böylece, boyun eğdiği bu tekdüze yaşamla birlikte, hastanedeki günleri de hep birbirine benzemeye başladı. Günler hep aynı olunca, daha da hızlı geçiyordu; bir-iki gün sonra dişlerini fırçalamasına, saçını taramasına da gerek kalmayacaktı. Veronika kalbinin, her gün biraz daha zayıfladığını hissediyordu: Sık sık soluksuz kalıyor, göğsüne sancılar saplanıyordu, hiç iştahı yoktu, en ufak bir çaba gösterdiğinde başı dönüyordu.

Kardeşlik Çemberi ile aralarında geçen olaydan sonra, arada bir şöyle düşündüğü oluyordu: 'Şu anda seçeneğim olsaydı, her günümün aynı olmasının nedeninin kendim olduğunu daha önceden anlamış olsaydım, belki...'

Ama kendi kendine verdiği yanıt hep aynıydı: 'Belki diye bir şey yok, çünkü hiçbir seçeneğim yok.' Ve iç huzuru geri geliyordu, çünkü her şeyin kararı zaten verilmişti.

Bu dönemde Zedka ile aralarında bir ilişki gelişti (dostluk değildi bu, çünkü bir dostluğun kurulması çok vakit alır, bu da imkânsızdı). Birlikte kâğıt oynuyorlar –bu da vaktin hızlı geçmesini sağlar–, kimi kez yürüyüş yapıyorlardı bahçede, fazla konuşmaksızın.

Bir sabah, hemen kahvaltıdan sonra, hepsi kurallara uygun olarak güneşe çıktılar. Ancak bir hemşire Zedka'nın yanına gelerek koğuşa dönmesini, tedavi günü olduğunu söyledi.

Onunla birlikte olan Veronika bu çağrıyı duydu.

"Ne tedavisi bu?"

"Eski usul bir tedavi, altmışlardan kalma; ama doktorlar bana iyi geleceği kanısındalar. Gelip seyretmek ister misin?"

"Depresyon geçirdiğini söylemedin mi bana? Sende eksik olan kimyasal maddenin yerini haplar yeterince almıyor mu?"

"Seyretmek ister misin?" diye üsteledi Zedka.

Günlük düzenin dışına çıkacağını düşündü Veronika. Yeni şeyler keşfedecekti, oysa yeni bir şey öğrenmek istemiyordu – ona gereken tek şey sabırdı. Gene de merakı üstün geldi ve başını olumlu anlamda salladı.

"Ama bu bir gösteri değil, biliyorsunuz," dedi hemşire.

"Kızcağız ölecek. Hayatta hemen hiçbir şey görmemiş. Bırakın bizimle gelsin."

Hâlâ gülümsemekte olan kadının karyolaya kayışlarla bağlanmasını izledi Veronika.

"Neler olacağını ona söyle," dedi Zedka, erkek bakıcıya. "Yoksa korkar."

Adam dönüp elindeki şırıngayı gösterdi. Doktor muamelesi görmekten, birtakım tedavi yöntemlerini kendisinden daha genç bir hekime açıklıyormuş gibi davranmaktan pek hoşnut olmuş gibiydi.

"Bu şırınganın içinde bir doz ensülin var," dedi ciddi, teknik bir ses tonuyla. "Şeker hastalarında kandaki yüksek glikoza karşı kullanılır. Öte yandan, doz normalin çok üstünde tutulursa kandaki glikoz düşüşü bir koma durumu yaratır."

İğneye hafifçe vurdu, hava kabarcıklarını yok etmek için, sonra da Zedka'nın sağ ayağında bir damara sapladı.

"Şimdi gerçekleşecek olan da bu. Yapay bir komaya girecek. Gözleri donuklaştığında korkmayın, ilacın etkisi altındayken sizi tanımazsa, şaşırmayın."

"Ama korkunç bir şey bu, insanlık dışı. Hastalar komaya girmek için değil, komadan kurtulmak için savaşır."

"İnsanlar da yaşamak için savaşır, ölmek için değil," dedi adam, ama Veronika onun bu sözlerini duymazdan geldi. "Üstelik koma durumu organizmayı dinlendirir; bedenin işlevleri en aza indiğinden var olan gerilimler yok olur."

Konuştuğu süre boyunca sıvıyı zerk etmeyi sürdürüyordu, Zedka'nın gözleri anlamsızlaşmaya başlamıştı.

Veronika ona doğru eğildi, "Merak etme," dedi. "Tamamıyla normalsin sen, bana anlattığın o kral öyküsü..."

"Boşuna konuşmayın, sizi duyamaz artık."

Birkaç dakika önce son derece aklı başında ve hayat dolu görünen kadın, yatağın üstünde gevşemiş, gözlerini uzakta belirsiz bir noktaya dikmişti; ağzının kenarında köpükler oluşmuştu.

Veronika, "Ne yaptınız!" diye haykırdı adama.

"İşimin gereğini."

Veronika bağırmaya, Zedka'nın adını çağırmaya başladı; polise, basına, insan haklar kuruluşlarına başvurma tehditleri savuruyordu bir yandan da.

"Sakin olun. Akıl hastanesinde olabilirsiniz, ama gene de uymak zorunda olduğunuz bazı kurallar var."

Adamın son derece ciddi olduğunu anladı ve korktu. Ama kaybedecek hiçbir şeyi olmadığı için haykırmaya devam etti.

Zedka, bulunduğu yerden koğuşu görebiliyordu. Kendi gövdesinin kayışlarla bağlı olduğu yataktan başka bütün yataklar boştu, kendisininkinin başucunda ise gözlerini dehşetle açmış bir kız duruyordu. Yataktaki kişinin hâlâ canlı olduğunu, tüm bedensel işlevlerinin sürdüğünü, ama ruhunun uçmakta, neredeyse tavana değmek üzere olduğunu, üstelik müthiş bir huzurun kollarında bulunduğunu bilmiyordu kız.

Zedka, göksel bir yolculuk yapmaktaydı; ensülin şokuna ilk girdiğinde yaşadığı bir sürprizdi bu. Başına geleni hiç kimseye açıklamamıştı. Depresyondan kurtulmaya gelmişti buraya, durumu düzelir düzelmez, bir daha dönmemecesine gitmek umudundaydı. Bedenini yatakta bırakıp tavanlarda gezdiğini söyleyecek olsa, onun Villete'e ilk geldiğinden daha da deli olduğuna hükmedeceklerdi. Ancak, bedenine döner dönmez iki konu üzerinde araştırma yapmaya koyulmuştu: ensülin şoku ve o uzayda yüzüyormuş izlenimini yaratan tuhaf duygu.

Tedavi konusunda pek fazla yazılı malzeme yoktu. İlk kez 1930'larda kullanılmış, ama sonraları bütün psikiyatri hastanelerinde, hastaya geri dönüşümsüz zararlar verebileceği olasılığı yüzünden yasaklanmıştı. Uçar-gezer seansların birinde, Zedka uçuş durumundayken Dr. Igor'un bürosuna uğramış, onu tam da bu konuda hastanenin sahiplerinden biriyle tartışırken yakalamıştı. "Bu bir suç," demişti Dr. Igor. Öteki adamsa, "Evet, ama hem ucuz, hem de hızlı," diye karşılık vermiști. "Ayrıca, delilerin haklarıyla ilgilenen mi var? Kimse şikâyette bulunmayacaktır."

Her neyse, bazı hekimler depresyon tedavisinde hâlâ geçerli bir yöntem olarak görüyorlardı bunu. Zedka araştırdı, ensülin şoku konusunda kütüphanede bulabildiği her şeyi alıp okudu, özellikle de, bu yöntemin uygulandığı hastalar tarafından yazılmış izlenimleri. Hikâye hep aynıydı: korku, dehşet, acı; kendisinin o sıralarda yaşadığı durumlarla hiç ilgisi yoktu anlatılanların. Bilincin gövdeden ayrılması duygusuyla ensülinin herhangi bir ilişkisi olmadığı sonucuna vardı, haklı olarak. Tam tersine, bu tür tedavilerde hastanın zihinsel kapasitesinin azalması amaçlanıyordu çoğunlukla.

İnsan ruhunun var olup olmadığını araştırmaya koyuldu; okültizm[1] üstüne birkaç kitap okudu, derken, günün birinde, tam da kendisinin başına geleni tarif eden bir sürü kaynak geçti eline: adı 'göksel –astral– yolculuk'muş ve pek çok kişinin de başından geçmiş. Kimi yazarlar sırf o sırada neler hissettiklerini kaleme almışlar, kimileri de bu durumu yaratmak için teknikler geliştirmişler. Artık Zedka da bu teknikleri ezbere biliyor ve her gece canının istediği yere gitmek için kullanıyordu.

Olayın tanımlamaları ve görüntüleri çeşitliydi, ama hepsinde ortak olan bazı noktalar vardı; ruh bedenden ayrılırken duyulan tuhaf, sinir bozucu gürültü, arkasından şok ve hızlı bilinç kaybı, derken havada yüzmenin derin huzuru ve keyfi. Ruh, gümüşümsü bir tel ile bedene bağlı kalıyordu, ama telin sınırsız uzama yeteneği vardı. Gerçi bazı söylencelere göre (kitaplarda) gümüş telin kopması halinde kişinin öleceği belirtiliyordu.

---

[1] *Okültizm*: Gizli güçlere inanma ve onları etkisi altına alma. (Yay.)

Zedka'nın kendi deneyimleri ise istediği uzaklıklara gidebileceği ve telin hiç kopmadığı yönündeydi. Genel olarak kitaplar, göksel yolculuktan elinden geldiğince yararlanmasını öğretmişti ona. Örneğin bir yerden bir yere gitmek istediğinde, kendisini uzaya fırlatmak üstüne yoğunlaştırırken dikkatini, aynı anda gideceği yeri hayalinde canlandırmayı kitaplardan öğrenmişti. Bir yerden hareket ederek gideceği yere kadar olan uzaklığı *aşmak* durumunda olan uçakların tersine, göksel yolculukta esrarengiz tünellerden geçmek söz konusuydu. Kendinizi bir yerde hayal ediyor, korkunç bir hızla gereken tünele giriyor, kendinizi istediğiniz yerde buluyordunuz.

Uzayda bulunan öteki yaratıklardan korkmamayı da kitaplardan öğrenmişti. Bugün koğuşta başka biri yoktu, ama gövdesini ilk terk ettiğinde, onun şaşkınlığına gülen birçok kişiyle karşılaşmıştı.

İlk tepkisi bunların ölü insanlar, hastaneyi kuşatan hayaletler olduklarını sanmaktı. Sonra sonra, kitapların ve kendi deneyimlerinin yardımıyla anladı ki, arada gövdesiz ruhlara rastlansa da, genellikle uzayda dolaşanlar kendisi kadar canlıdırlar ve ya gövdelerinden ayrılma tekniğini geliştirmişlerdir ya da başlarına gelenin ne olduğunu bilmemektedirler, çünkü ruhları böyle özgür gezinirken bedenleri dünyanın başka bir köşesinde derin uykulara dalmıştır.

Bugün, bunun ensülin yardımıyla yapacağı son göksel yolculuk olduğunu bildiğinden –çünkü biraz önce Dr. Igor'un bürosuna uğramış ve pek yakında salıverileceğini işitmişti– gezintisini Villete sınırları içinde yapmaya karar vermişti. Bir kez anakapıdan dışarı çıktıktan sonra bir daha ruh olarak bile geri gelmemeye kararlıydı, bu yüzden de veda ziyaretleri yapmak istiyordu.

Veda etmek. Aslında işin en zor yanı buydu: İnsan bir kez akıl hastanesine girdi mi, delilik dünyasında var olan özgürlüğe alışıyor, hatta ona bağımlı hale geliyordu. Sorumluluk altına girmek, ekmeğini kazanmak için çalışıp çabalamak, sıkıcı, rutin günlük işler yapmak zorunda değildiniz burada. Sabahtan akşama dek bir tek resme bakmak ya da bir kâğıdın üstüne saçma sapan çizgiler çizmekle oyalanabilirdiniz. Her şey hoşgörüyle karşılanıyordu, çünkü ne de olsa kişinin aklından zoru vardı. Kendisi de pek çok kez gözlemlemişti ki, çoğu hasta daha hastaneye girer girmez iyileşmeye başlıyordu, çünkü artık semptomlarını saklamak zorunda değillerdi, üstelik buradaki 'aile' havası nevroz ve psikozlarını kabullenmelerine yardımcı oluyordu.

Başlangıçta Zedka, Villete'ten büyülenmiş, hatta bir ara, iyileştikten sonra Kardeşlik Çemberi'ne katılmayı düşünmüştü. Ama sonra, aklını başına toplarsa dışarıda da canının istediğini yapmayı sürdürebileceğini anladı, tabii günlük yaşamın zorluklarıyla baş edebildiği sürece. Birinin bir vakitler dediği gibi yapacağı tek şey deliliğini denetim altında tutmaktı. Her normal insan gibi ağlayabilir, telaşlanabilirdin, ruhunun yukarılarda bir yerde bu kötü durumlara gülerek baktığını unutmaman yeterliydi.

Yakında evine dönecek, çocuklarıyla, kocasıyla birlikte olacaktı, yaşamın o yönlerinde de sevimli yanlar vardı. İş bulması kolay olmayacaktı elbette; ne de olsa küçük bir kent olan Lyubliyana'da dedikodular çabuk yayılır. Kendisinin Villete'te bulunduğunu bilen pek çok kişi vardı zaten. Neyse ki kocası aileyi geçindirecek kadar para kazanıyordu, o da boş vaktini göksel yolculuklar yapmakla geçirebilirdi, hem de ensülin gibi tehlikeli bir madde kullanmaksızın.

Bir kez daha yaşamak istemediği tek şey vardı: Villete'e kaldırılmasına neden olan şey.

Depresyon.

Hekimlerin dediğine göre, yeni keşfedilen bir madde olan seretonin, insanların duygularını yöneten öğelerden biriymiş. Seretonin azlığı insanın iş yaşamında dikkatinin dağılmasına, uykusuzluğa, iştahsızlığa, yaşamdan yeterince zevk alamamasına yol açıyormuş. Bu madde bedende hiç bulunmadığında ise kişi derin umutsuzluk, kötümserlik, bir gereksizlik duygusu, korkunç yorgunluk, endişeye kapılma, karar verme güçlüğü gibi belirtiler gösteriyormuş, bu da zamanla sürekli bir karabasana dönüşüyormuş ki sonu ya tam uyumsuzluk ya da intiharmış.

Bazı daha tutucu hekimler ise yaşamda herhangi bir sarsıcı değişikliğin –başka bir ülkeye göçmek, çok sevilen birini kaybetmek, boşanma, aile ya da iş yaşamında aşırı baskı gibi– depresyona yol açabileceği görüşündeler. Modern araştırmalar, kışın akıl hastanesine yatırılanlar ile yazın yatırılanlar arasındaki sayı farkından yola çıkarak güneş ışığının depresyon konusunda etkili olduğunu ileri sürmekteler.

Zedka'nın durumunda ise neden kimsenin aklına gelmeyecek kadar basitti: geçmişinde gizli bir erkek, daha doğrusu, çok eskiden tanımış olduğu bir erkek üstüne kendi kurduğu fanteziler.

O kadar aptalca bir şeydi ki... Şu sıralar nerede olduğunu bile bilmediği, ama gençliğinde umutsuzca çok derinden sevdiği bir adam yüzünden depresyona girmek, delirmek. Her normal genç kız gibi Zedka'nın da bir 'İmkânsız Aşk' yaşamaya gereksinmesi olmuştu.

Oysa, 'İmkânsız Aşk'ı yalnızca hayallerinde yaşayan arkadaşlarından ileri gitmişti Zedka; hayalini gerçekleştirmeye kalkmıştı. Adam okyanusun öte yanında yaşıyordu; kız nesi var nesi yoksa satıp onun peşinden gitmişti. Adam evliydi, kız metres rolünü kabullenmiş görünerek onun boşanmasını sağlayacak planlar kurmuştu. Adamın kendine ayıracak vakti bile yoktu, kız günlerini gecelerini ucuz bir otel odasında onun ender telefonlarını bekleyerek geçirmeye razı olmuştu.

Kızın aşk uğruna her şeye katlanma kararına karşın ilişki yürümemişti. Adam açıkça hiçbir şey söylemedi, ama bir gün Zedka anladı ki artık istenmiyor, Slovenya'ya döndü.

Birkaç ay boyunca yemeden içmeden kesildi, onunla birlikte geçirdiği her saniyeyi yeniden yaşıyor, yatakta geçirdikleri zevk dolu dakikaları yeniden yeniden hatırlıyor, birlikte bir gelecekleri olabileceğine inanmak için dayanak arıyordu. Arkadaşları onun bu durumundan kaygı duyuyorlardı, ama Zedka'nın içinde bir ses bunun geçici bir aşama olduğunu fısıldıyordu. Kişilik gelişmesinin bir bedeli vardır, genç kız da bu bedeli yakınmasız ödüyordu. Sonunda haklı da çıktı. Günlerden bir gün, içinde müthiş bir yaşama isteğiyle uyandı; aylardır ilk kez iştahla karnını doyurdu, dışarı çıkıp kendine bir iş buldu. Yalnızca iş bulmakla da kalmadı, kadınları peşinden koşturan yakışıklı, zeki bir gencin ilgisini de çekti. Bir yıl içinde evlendiler.

Kız arkadaşları ona hem gıpta ettiler, hem de onu kutladılar. Lyubliyana'nın ortasından geçen ırmağa bakan bahçeli bir eve yerleşti çift. Çocukları oldu. Yazları Avusturya ya da İtalya'ya gezmeye gidiyorlardı.

Slovenya Yugoslavya'dan ayrılmaya karar verince, kocası askere çağrıldı. Zedka, Sırptı –yani, düşman– ve yaşamı altüst olmak üzereydi. Son derece gerilimli geçen on gün boyunca, iki tarafın orduları çatışmaya hazır beklerken, kimse bağımsızlık ilanının nasıl sonuçlanacağını, ne kadar kan döküleceğini bilmezken, Zedka kocasını ne kadar sevdiğini bir kez daha anladı. Bütün vaktini, şimdiye kadar pek umursamadığı, ama şimdi tek umudu olan Tanrı'ya dua etmekle geçirdi. Azizlere, meleklere her şeyini adadı, sırf onu geri göndersinler diye.

Duaları kabul oldu. Kocası geri döndü, çocuklar Sloven dilinin öğretildiği okullara gidebileceklerdi artık, savaş tehlikesi ise komşu Hırvatistan'a geçti.

Üç yıl sonra, Yugoslavya'nın Hırvatistan ile olan savaşı bu kez Bosna'ya sıçradı. Sırplar'ın yaptığı katliamlarla ilgili haberler dünyaya yayılmaya başladı. Zedka, birkaç delinin aşırı davranışları yüzünden bütün bir ulusun suçlanmasının haksızlık olduğunu düşünüyordu. Hayatı hiç beklemediği yeni bir anlam kazandı: halkını gurur ve cesaretle savunmaya koyuldu, gazetelere yazılar yazdı, televizyona çıktı, konferanslar örgütledi. Bunların hiçbir sonucu olmadı, yabancılar korkunç katliamlardan bütün Sırplar'ı *sorumlu* görmeye devam ettiler, ama Zedka üstüne düşen görevi yaptığını biliyordu, zor günlerde kardeşlerini yalnız bırakmamıştı. Sloven kocasının, çocuklarının, her iki tarafın propagandasından etkilenmemeyi bilen insanların desteğini kazanmıştı.

Bir akşam, büyük Sloven şair Preseren'in heykelinin önünden geçerken, onun hayatını aklından geçirdi. Şair otuz dört yaşındayken bir gün kilisede yeniyetme bir kız görüyor. Julia Primic adındaki bu gencecik kıza derin bir tutkuyla âşık oluyor. Eski çağ trubadurları gibi bu kıza şiirler yazmaya koyuluyor, onunla evlenme hayalleri kuruyor.

Meğer Julia üst düzey bir ailenin kızıymış, şair –kilisedeki o rastlantıdan sonra– bir daha kıza yaklaşamıyor. Ama o kısacık rastlaşma en güzel şiirlerinin esin kaynağı oluyor ve adının çevresinde bir efsane oluşturuyor. Lyubliyana'daki küçük meydanda bulunan heykelin dümdüz belirli bir noktaya baktığını görürsünüz, o bakışı izlerseniz, meydanın öte yanındaki binalardan birinin taş duvarına oyulmuş bir kadın yüzü fark edersiniz. İşte orası Julia'nın yaşamış olduğu evdir. Preseren ölümden sonra bile, sonsuza kadar, 'İmkânsız Aşk'ına bakmayı sürdürecektir.

Peki ya biraz daha savaşsaydı?

Zedka'nın kalbi hızla atmaya başlamıştı, sanki kötü bir şey olacakmış duygusu uyandı içinde, yoksa çocuklardan biri kaza mı geçirmişti? Telaşla evine koştu; çocukları televizyon karşısında patlamış mısır yiyorlardı.

Nedense içindeki hüzün geçmedi. Zedka yatağa yatıp on iki saat kadar deliksiz uyudu, uyandığında canı kalkmak istemedi. Preseren'in öyküsü ona ilk aşkını hatırlatmıştı, onu bir daha hiç aramamış olan adamı.

Ve Zedka kendi kendine sordu: Yeterince savaşmış mıydım? Asıl istediklerimin peşine düşeceğime metresliği kabullenmem yanlış mıydı? İlk aşkım için savaşırken, halkım için savaştığımda harcadığım kadar enerji harcadım mı?

Zedka yeterince enerji harcadığına kendini inandırdı, ama içindeki hüzün bir türlü geçmiyordu. Bir vakitler cennet gibi gördüğü her şey –ırmağa bakan bahçeli ev, sevdiği koca, televizyon önünde patlamış mısır yiyen çocuklar– yavaş yavaş bir cehenneme dönüşmekteydi.

Bugün, birçok göksel yolculuktan, ileri derecede gelişmiş varlıklarla yaptığı birçok görüşmeden sonra, Zedka bütün o olanların saçmalık olduğunu biliyordu artık. 'İmkânsız Aşk'ını bir bahane, aslında beklediği yaşamdan çok farklı sürdürdüğü yaşamdan kopma fırsatı olarak kullanmıştı.

Ancak, bir yıl önceki durumu çok farklıydı: Uzaktaki eski aşkını aramaya koyulmuştu, deliler gibi. Uluslararası telefonlar açarak bir servet harcadı, ama adam artık aynı kentte oturmuyordu, onu bulmak imkânsızdı. Bir sürü APS mektup gönderdi, hepsi geri geldi. Adamın bütün arkadaşlarını telefonla aradı, kimse onun nerede olduğunu bilmiyordu.

Kocası olup bitenden habersizdi; bu da onu çok öfkelendiriyordu; bir şeylerden kuşkulanması, kavga çıkarması, dırdır etmesi, onu kapı dışarı etmekle tehdit etmesi gerekmez miydi? Uluslararası telefon santralında çalışanların, postacının, bütün kız arkadaşlarının kocası tarafından satın alındığına kesinkes inandı. Düğününde takılan mücevherleri satarak dünyanın öteki ucuna uçmak için bilet aldı. Ancak bir dostu, Amerika'nın çok çok büyük bir kıta olduğunu, tam olarak ne aradığını bilmeyen birinin oraya gitmesinin hiçbir anlam taşımadığını anlata anlata sonunda onu ikna etti.

Bir gece yattığında çektiği aşk acısı, eskisinden, yeni dünyayı terk edip geldiğinde, Lyubliyana'nın dayanılmaz gündelik yaşamına alışmaya çalıştığı dönemde olduğundan bile çoktu. O geceyi izleyen iki gün boyunca odasından çıkmadı. Üçüncü gün, durumuna çok üzülen, çok iyi kalpli kocası, doktor çağırdı. Peki bu adam, Zedka'nın başka bir erkek için acı çektiğini, onunla buluşmak, kocasını aldatmak, toplumdaki saygıdeğer yerini o erkeğin gizli metresi olmak için feda etmek üzere olduğunu gerçekten bilmiyor muydu? Lyubliyana'yı, evini, çocuklarını sonsuza dek terk etmeye hazırdı.

Doktor geldi. İsteri krizine yakalanan Zedka, odasının kapısını kilitledi, hekim gidinceye dek de açmadı. Bir hafta bile geçmemişti ki, kendinde yataktan kalkacak gücü bulamaz oldu, dışkı ihtiyacını bile yatakta görüyordu artık. Hiçbir şey düşünemiyordu, kafası yalnızca eski aşkının bölük pörçük anılarıyla doluydu. Eski sevgilinin de onu umutsuzca aradığına, bulamadığına inanmıştı.

Çıldırtıcı cömertliğini sürdüren anlayışlı kocası, çarşaflarını değiştiriyor, başını okşuyor, her şeyin düzeleceğini yineleyip duruyordu. Çocuklarından birini nedensiz yere tokatladığı, sonra önünde diz çöküp ayaklarını öptüğü, affedilmek için yalvardığı, pişmanlığını sergilemek için üstündeki geceliği paramparça ettiği günden beri çocuklar onun odasına gelmez olmuşlardı.

Bir hafta daha geçti; önüne getirilen yemekleri tükürüyor, gerçeklikle ilişkisi bir kopuyor bir geri geliyor, bütün geceleri uyanık, bütün günleri uyuyarak geçiriyordu. Bir gün odasının kapısı tıklatılmadan açıldı, içeri iki adam girdi, biri onu sıkıca tutarken, öteki, koluna bir iğne sapladı, gözlerini açtığında Villete'teydi.

Kocasıyla konuşan doktorun, "Depresyon," dediğini işitti, "kimi kez son derece sıradan nedenlerle ortaya çıkabilir, örneğin organizmada seretonin eksikliği gibi..."

Koğuşun tavanından aşağı bakan Zedka, elinde şırıngayla bir hemşirenin yaklaştığını gördü; kızcağız hâlâ karyolasının başında durmuş, boş bakışlarından ödü kopmuş durumda gövdesiyle konuşmaya çabalıyordu. Zedka bir an ona her şeyi anlatabileceğini düşündü, ama sonra vazgeçti; insanlar hiçbir zaman kendilerine anlatılanlardan bir şey öğrenmezler, kendi çabalarıyla öğrenirler yalnızca.

Hemşire, Zedka'nın koluna iğneyi saplayıp glikoz zerk etti. Ânında görünmez bir güç kolundan yakalayıp fırlatmış gibi, ruhu tavandan ayrıldı, karanlık bir tünelden geçip gövdesine geri döndü.

"Merhaba, Veronika."

Kız hâlâ korku içindeydi.

"İyi misin?"

"İyiyim. Ne mutlu ki bu tehlikeli tedaviden sağ kurtulabildim. Zaten bir daha tekrarlanmayacak."

"Ne biliyorsun? Burada kimse hastaların fikrini sormuyor ki."

Zedka biliyordu, çünkü göksel yolculuğu sırasında Dr. Igor'un bürosuna uğramıştı.

"Nereden bildiğimi söyleyemem, ama biliyorum. Tanıştığımızda sana ilk sorduğum soruyu hatırlıyor musun?"

"Evet, deliliği bilip bilmediğimi sormuştun."

"Çok doğru. Bu kez sana öykü anlatmayacağım. Deli olmak, düşüncelerini iletmekten aciz olmak demek. Sanki yabancı bir ülkedesin, çevrede olup biten her şeyi görüyor, anlıyorsun, ama istediğini anlatmaktan, dolayısıyla da yardım bulmaktan umutsuzsun, çünkü orada konuşulan dili bilmiyor, anlamıyorsun."

"Hepimiz hissetmişizdir bunu."

"Hepimiz şu ya da bu biçimde deliyiz zaten."

Parmaklıklı pencerenin ötesinde gökyüzü yıldız doluydu, henüz hilal biçiminde olan ay da dağların gerisinden yükselmekteydi. Şairler dolunayı severler, hakkında binlerce şiir yazılmıştır, oysa Veronika en çok yeni ayı severdi, çünkü daha gelişecek, büyüyecek, kendi yüzeyini tümüyle ışığa boğacak zaman olurdu, kaçınılmaz yok oluşundan önce.

Salona inip piyano çalmak, bu geceyi okulda öğrenmiş olduğu nefis bir sonatla kutlamak istedi. Gökyüzüne baktığında içine anlatılmaz, ölçülmez bir yaşam sevinci dolmuştu; sanki evrenin sonsuzluğu onun kendi bitimsizliğini açıklamıştı. Ancak, bu isteğini engelleyen çelik bir kapı ve bitmez tükenmez kitabını okuyan bir kadın vardı. Ayrıca gecenin bu saatinde piyano da çalınmazdı, bütün mahalleyi uyandırırdı insan.

Veronika güldü. 'Mahalle' dediği delilerle dolu koğuşlardı, o delilere ise uyusunlar diye dünyanın ilacı verilmişti.

İçindeki coşku azalmamıştı gene de. Kalkıp Zedka'nın yatağının yanına gitti, ama kadıncağız da derin uykudaydı, o gün başından geçen korkunç tedaviden sonra bitkin düşmüştü herhalde.

"Yatağına dönsen iyi olur," dedi hemşire. "Cici kızlar düşlerinde melekler ya da sevgililer görür."

"Bana çocukmuşum gibi davranmayın. Her şeyden korkan zavallı bir deli değilim ben. Zırdeliyim, isteriğim, kendi hayatıma bile saygım yok, kaldı ki başkalarınınkine olsun. Üstelik kötü bir günümdeyim. Aya baktım, ayı gördüm, birileriyle konuşmam gerek."

Bu tepkiyi beklemeyen hemşire, şaşkın şaşkın baktı ona.

"Hadi bir yürüyüşe çık, bırak da kitabımı bitireyim."

"Böyle bir şey yapamam, çünkü burası bir hapishane ve kapıda bir gardiyan var, millet kendisini zeki sansın diye kitap okuma taklidi yapan bir kadın. Oysa işin aslı şu ki, koğuştaki en ufak bir kıpırtıyı bile gözlüyor, kapının anahtarlarını da hazine saklar gibi saklıyor. Kuşkusuz kurallar bunu öngörüyor, o da kurallara uyuyor, çünkü böylece günlük hayatında, kocasının, çocuklarının yanında sahip olmadığı bir yetkeye sahipmiş numarası yapabiliyor."

Veronika tir tir titriyordu, ama bunun nedenini bilmiyordu.

"Ne anahtarları?" diye sordu hemşire. "Kapı her zaman açıktır. Burada bir dolu akıl hastasıyla birlikte kilitli kalacağımı sanmıyorsun herhalde."

Kapı açık da ne demek? Birkaç gün önce buradan çıkmak istediğimde bu kadın tuvalete kadar benimle geldi. Şimdi ne saçmalıklar anlatıyor yani?

Hemşire, "Her dediğimi ciddiye alma," dedi. "İşin doğrusu, hastalara o kadar çok ilaç pompalıyoruz ki, sıkı bir güvenliğe gerek kalmıyor. Titriyorsun, üşüyor musun?"

"Bilmiyorum. Kalbimle ilgili bir şey herhalde."

"İstersen yürüyüşe çıkabilirsin."

"Asıl istediğim piyano çalmak."

"Salon buradan iyice uzak, onun için senin piyano çalman kimseyi rahatsız etmez. Ne istersen yap."

Veronika'nın titremesi, tutmaya çalıştığı ürkek, kısık hıçkırıklara dönüştü. Diz çöktü, başını kadının kucağına koydu, uzun uzun ağladı.

Hemşire kitabını bir yana bıraktı, Veronika'nın saçlarını okşayarak o hüzün ve gözyaşı dalgasının doğal süresini doldurmasını bekledi. Öylece neredeyse yarım saat oturdular, ağlayan kız ile teselli sunan kadın, ikisi de neyin, neden olduğunu bilmiyorlardı, ama olsun.

Hıçkırıklar sonunda bitti. Hemşire kalkmasına yardım etti, kapıya doğru yürüttü.

"Senin yaşında bir kızım var. Seni ilk getirdiklerinde her yanına iğneler, tüpler sokuluydu, hep merak ettim: senin gibi güzel, genç bir kız, önünde bütün bir hayat varken, neden kendini öldürmek ister, diye. Derken birtakım dedikodular dolaşmaya başladı: bıraktığın mektup... ki gerçek nedenin o olduğuna hiçbir zaman inanmadım... çaresi olmayan bir kalp hastalığı... öyle şeyler söylendi. Kendi kızım hiç aklımdan çıkmıyordu: ya o da böyle bir şey yapmaya kalkarsa? Bazı insanlar neden doğaya aykırı davranırlar? Ne olursa olsun yaşama savaşı vermektir doğal olan."

"Ben de o yüzden ağlıyordum işte," dedi Veronika. "O hapları aldığımda nefret ettiğim birini öldürmeye çalışıyordum. İçimde başka, sevebileceğim Veronikalar olduğunu bilmiyordum."

"İnsan neden kendi kendinden nefret eder?"

"Korkaklık belki de. Ya da hiç yakanı bırakmayan yanılmak korkusu, başkalarının senden beklediklerini gerçekleştirememek korkusu. Birkaç dakika önce mutluydum, ölüme mahkûm olduğumu unutmuştum. Derken hatırladım, çok korktum."

Hemşire kapıyı açtı, Veronika koridora çıktı.

Bana nasıl sorabilir böyle bir şeyi? Ne istiyor, niçin ağladığımı öğrenmek mi? Benim herkes gibi istekleri, korkuları olan normal biri olduğumu, günlerim sayılıyken böyle bir sorunun beni paniğe uğratabileceğini aklına getirmiyor mu?

Koğuşlar gibi loş ışıklandırılmış koridorlarda yürürken, Veronika artık her şey için çok geç olduğunu kesinlikle anladı: İçinde yükselen korkunun denetimden çıktığını fark etti.

'Kendimi toparlamalıyım. Verdiği kararlardan ne olursa olsun dönmeyen biriyim ben, her şeyi sonuna dek götürürüm.'

Yaşamı boyunca pek çok şeyi sonuna dek götürdüğü doğruydu, ama hep önemsiz şeylerdi bunlar, bir özürle sona erebilecek bir küslüğü uzatmak, bir ilişkinin sonu olmadığını düşündüğünde adamı sevdiği halde telefon etmemek gibi. Kolay konularda ödün vermemekte üstüne yoktu; sanki ne kadar güçlü ve aldırışsız olduğunu kendi kendine böyle kanıtlayacaktı. Oysa aslında kırılgan bir insandı, hiçbir zaman üstün bir öğrenci olmamış, okulda spor dallarında da pek bir başarı gösterememiş, evinde de huzurlu bir yaşam sağlayamamıştı.

Ufak tefek kusurlarının üstesinden gelmeyi başarmış, ama yaşamsal önemi olan konularda yenilgiye uğramıştı. Başına buyruk bir kişi olduğu havasını yaratmayı başarmıştı, ama aslında çok derin bir arkadaş özlemi vardı. Kalabalık bir yere girdiğinde herkes dönüp ona bakardı, ama hemen her geceyi bir manastır odasında, antenini doğru dürüst ayarlatmaya üşendiği televizyonun karşısında yapayalnız geçirirdi. Tüm tanıdıkları onu gıpta edilecek bir kadın gibi görürlerdi, ama bu görüntüyü sağlamak, kendisi için yarattığı bu imaja uygun davranmaya çalışmak hemen hemen tüm enerjisini tüketmişti.

Bu yüzden, kendi kendisi olmak için gereken enerji hep eksik kalmıştı. Dünyadaki herkes gibi, mutlu olmak için başkalarına ihtiyaç duyan bir kişiydi, ama başkalarıyla baş etmek de zordu. Beklenmedik tepkiler gösteriyorlar, çevrelerine koruyucu duvarlar örüyorlar, aynı kendisi gibi davranarak hiçbir şeye aldırmaz numaralarına yatıyorlardı. Yaşama daha açık biriyle karşılaştıklarında ya onu daha ilk adımda dışlıyorlar ya da ona acı çektiriyorlar, aşağılıyorlar, 'tuhaf' muamelesi yapıyorlardı.

Güçlülüğü ve kararlılığıyla pek çok kişiyi etkilemiş olabilirdi Veronika, ama neye yaramıştı bu? Boşlukta kalakalmıştı. Yapayalnız. Villete'te. Ölümün bekleme odasında.

İntihar girişiminden duyduğu pişmanlık yeniden su yüzüne çıkıyordu, ama bir kez daha bilincinin gerilerine itti bu duyguyu. Şimdi ise ömür boyu kaçınmaya çalıştığı bir duygunun pençesindeydi: nefret.

Nefret. Öylesine fiziksel ki, neredeyse duvarlar, piyanolar, hemşireler kadar somut; gövdesinden taşan yıkıcı enerji elle tutulabilir gibiydi. Bu duyguyu bastırmaya çalışmadı, iyi ya da kötü olmasına aldırmıyordu, durmadan kendini kontrol etmekten, maskelerden, uygun davranışlardan bıkmış usanmıştı. Önünde kalan iki-üç günlük ömrünü elinden geldiğince uygunsuz davranarak geçirmek istiyordu.

Yaşlı bir adama tokat atmakla başlamıştı, bir hemşirenin önünde gözyaşlarına boğulmuş, yalnız olmak istediğinde nezaket gösterip birtakım insanlarla çene çalmayı reddetmişti; şimdi ise nefret duyacak kadar özgür hissediyordu kendini, ama eline geçeni kırıp dökerek, ortalığı altüst ederek sayılı günlerini uyuşturucu altında yatakta geçirmeyi göze almayacak kadar da zekiydi.

O anda her şeyden nefret ediyordu: kendisinden, dünyadan, önündeki sandalyeden, koridordaki bozuk radyatörden, kusursuz insanlardan, canilerden. Bir akıl hastanesindeydi, insanların genellikle kendi kendilerinden sakladıkları duyguları bastırmamakta özgürdü. Nedense hepimiz yalnızca sevmek, kabullenmek, işlerin kolayını bulmak, çatışmadan kaçınmak üzere yetiştirilirız. Veronika her şeyden nefret ediyordu ya, en çok da yaşamını sürdürmüş olduğu biçimden, içinde barındırdığı yüzlerce Veronika'yı keşfetmeye zahmet etmeyişinden tiksiniyordu. Oysa orada kimbilir ne ilginç, ne meraklı, ne cesur, ne küstah, ne deli kızlar duruyordu.

Derken, hayatında en sevdiği kişiden, annesinden de nefret etmeye koyuldu. Harika bir insandı annesi, bütün gün dışarıda çalışır, akşamları ev işleri yapardı; kızı iyi okullara gitsin, piyano, keman çalmayı öğrensin, prensesler gibi giyinsin, en son moda spor ayakkabılara, blucinlere sahip olsun diye kendi yaşamını feda etmiş, yıllarca aynı eski entarileri yamayıp giymişti.

'Tüm sevgisini bana veren birinden nasıl nefret ederim?' diye düşündü Veronika; kafası karışmıştı, duygularına gem vurmaya çalıştı. Ama geç kalmıştı, nefret taşmıştı bir kez, kendi özel cehenneminin kapılarını sonuna dek açmıştı. Kendisine sunulan sevgiden nefret ediyordu, çünkü hiç karşılık beklemeyen bir sevgiydi bu, saçma, gerçekdışı, doğa yasalarına aykırıydı.

Hiç karşılık istemeyen bu sevgi onu suçluluk duygularına boğmayı başarmış, kendi hayallerini çöpe atmak pahasına bir başkasının beklentilerini yerine getirmek isteğini yaratmıştı. Dünyada var olan yozlukları, pislikleri, güçlükleri yıllar yılı ondan saklamaya çalışmıştı bu sevgi; bu aşırı esirgemenin, günün birinde hayatın bu gerçekleriyle kaçınılmaz olarak karşılaştığında onu savunmasız bırakacağı göz ardı edilmişti.

Ya babası? Ondan da nefret ediyordu; hiç durmadan çalışan annesinin aksine babası yaşamayı biliyordu; kızını barlara, tiyatrolara götürürdü, birlikte çok iyi vakit geçirirlerdi. Adam gençken gizli gizli âşıktı ona; bir babayı sever gibi değil de bir erkeği sever gibi sevmişti babasını. Herkese karşı son derece sevimli, açık, keyifli olduğu halde bu davranışları hak eden tek kişi olan annesine karşı kapalı olduğu için de nefret ediyordu babasından.

Her şeyden nefret ediyordu. Yığın yığın kitapla dolu kütüphaneden, yaşamı açıklamaya çalışan kitaplardan, onu geceler boyu cebir çalışmaya zorlayan okuldan... Dünyada öğretmenlerden ve matematikçilerden başka kimin gereksinmesi vardı ki cebire mutlu olmak için? İnsanları neden cebir gibi, geometri gibi ve daha bir yığın yararsız bilgi gibi şeyler öğrenmeye zorlarlardı?

Veronika salonun kapısını iterek açtı, piyanonun başına gitti, kapağını açtı ve bütün gücünü toplayarak tuşlara bangır bangır basmaya koyuldu. Delice, kakafokik, karmakarışık sesler doldurdu odayı, duvarlara çarpıp içini parçalayan cırtlak sesler olarak ona geri döndüler. İçini parçalayan, ama aynı zamanda yansıtan sesler...

Yeniden abandı tuşların üstüne, bir kez daha ezgisi falan olmayan, sanki birbirleriyle çarpışan notalar uçuştu çevresinde.

"Deliyim ben. Bunu yapmama izin var. Nefret edebilirim. Piyanoyu bangır bangır çalabilirim. Akıl hastalarının notaları doğru düzgün sırayla çalma zorunlulukları yok!"

Tuşlara yeniden saldırdı, bir kez, iki kez, on kez, yirmi kez ve her seferinde içindeki nefret azalır gibi oldu, sonunda tamamen uçup gitti.

Derken ruhu yeniden derin bir huzurla doldu, Veronika bir kez daha yıldızlı gökyüzüne ve odayı tatlı bir ışıkla dolduran sevgili yeni aya baktı. Bitimsizlikle sonsuzluğun el ele yürüdüğü izlenimini yaşadı yeniden: yalnızca birine baksanız bile, örneğin sınırsız evrene ötekinin, hiç bitmeyen, hiç geçmeyen, hep Şimdi olan Zaman'ın varlığını da seziyorsunuz; yaşamın tüm gizleri hep burada. Koğuştan salona doğru yürüdüğü sırada öylesine katışıksız bir nefret duymuştu ki, artık yüreğinde hiçbir kin kalmamıştı. Yıllarca ruhunun derinliklerinde barındırdığı olumsuz duyguların su yüzüne çıkmasına izin vermişti sonunda. Onları gerçekten *hissetmişti*, artık gerekli değildiler, gidebilirlerdi.

Sessiz, kıpırtısız oturmayı sürdürdü, yaşadığı ânın tadını çıkararak, nefretin geride bıraktığı boşluğun sevgiyle dolmasına izin vererek. Bir an geldi, hazır olduğunu hissetti, başını aydan yana çevirdi ve Ayışığına Övgü sonatını çalmaya koyuldu; ayın müziği dinlediğini, onurlandığını, yıldızların onu kıskandığını biliyor gibiydi. Sonra yıldızlar için de bir şeyler çaldı, bahçe için, karanlıkta göremediği, ama orada dimdik durduğunu bildiği dağlar için de.

O, bahçe için müzik yaparken bir deli daha girdi salona: şifa bulmaz bir şizofren olan Eduard. Adamı gördüğünde hiç korkmadı, tam tersine, gülümsedi, adam da gülümseyince çok şaştı.

Müzik adamın uzak dünyasına, aydan bile ötelerde sakladığı dünyasına bile ulaşabiliyordu; müzik mucizeler yaratabilirdi.

Dr. Igor, Villete'teki küçük muayene odasının kapısını açarken, 'Yeni bir anahtarlık edinmeli,' diye düşündü. Eskisi orasından burasından kopmuştu, kılıfın küçük, metal parçası yere yuvarlandı.

Dr. Igor eğilip parçayı yerden aldı. Lyubliyana arması kakmalı bu metal parçayla ne yapmalı? Atabilirdi tabii ya da yeni bir deri kayış yapmalarını isteyerek tamir ettirebilirdi ya da oynasın diye yeğenine verebilirdi. Her üç seçenek de saçma göründü birden. Yeni bir anahtarlık pahalı değildi, yeğeni ise eski armalarla, ilgilenen bir çocuk değildi hiç. Ömrünü televizyon seyretmekle, İtalya'dan ithal elektronik oyuncaklarla geçiriyordu. Dr. Igor gene de anahtarlığını atmaya kıyamadı, cebine koydu; ne yapacağına daha sonra karar verebilirdi.

Hastanenin bir hastası değil de yöneticisi olması bu yüzdendi işte, herhangi bir karara varmadan önce uzun uzun düşünürdü.

Işığı yaktı; kış ilerledikçe şafak daha geç söküyordu. Taşınmak, boşanmak, ışık azlığı, depresyon vakalarının artmasının belli başlı nedenleriydi. Dr. Igor baharın erken gelmesini, böylece sorunlarını yarı yarıya indirmesini umuyordu.

Defterine baktı, o gün yapacağı işleri gözden geçirdi. Eduard'ın açlıktan ölmesini engellemek için bir şeyler yapmak zorundaydı; şizofrenlerin ne yapacakları hiçbir zaman belli olmuyordu, bu da bir süredir yemeden içmeden kesilmişti. Dr. Igor damardan beslenmesine karar vermişti, ama bunu sonsuza dek sürdüremezlerdi. Eduard yirmi sekiz yaşında güçlü kuvvetli bir delikanlıydı, serumla bile yavaş yavaş eriyecek, her gün biraz daha iskeleti andıracaktı.

Peki, Eduard'ın babası ne diyecekti buna? Genç Slovenya'nın en önemli büyükelçilerinden biriydi. 1990'ların başlarında Yugoslavya ile sürdürülen ince pazarlıkların arkasında olanlardandı. Ne de olsa yıllar yılı Belgrad hükümetiyle çalışmış, onu düşmandan yana olmakla suçlayan düşmanlarını alt edebilmişti ve hâlâ diplomattı, ama artık başka bir ülkenin temsilcisiydi. Güçlü, etkili, herkesin çekindiği bir adamdı.

Dr. Igor bir an kaygılandı, demin nasıl anahtarlığından düşen metal parça yüzünden kaygılandıysa o kadar işte, üstünde durmadı. Büyükelçinin, oğlunun görünüşüyle ilgilendiği yoktu zaten; evladını resmi davetlere ya da hükümet temsilcisi olarak gönderildiği çeşitli ülkelere götürmek niyetinde değildi. Eduard Villete'teydi ve yaşadığı sürece orada kalacaktı; ya da babası yüklü maaşını almaya devam ettiği sürece.

Dr. Igor damardan beslenmeyi durdurmaya karar verdi, bırakacaktı Eduard biraz daha erisin, yemek yemeyi kendi istesin. Durum çok kötüleşirse bir rapor yazıp sorumluluğu Villete'in yönetimindeki hekimler konseyine devredebilirdi. Babası ona 'başını beladan kurtarmanın en iyi yolu sorumluluğu paylaşmaktır' diskurunu öğretmişti. Babası da doktordu, elinde ölen bir sürü hasta olmuştu, ama başı hiçbir zaman yetkililerle derde girmemişti.

Eduard'ın tedavisinin durdurulmasını emreden Dr. Igor, önündeki öteki dosyaya geçti. Rapora göre Zedka Mendel tedavi dönemini tamamlamış, taburcu edilmeye hazırdı. Dr. Igor onu kendisi görmeye karar verdi. Villete'ten salıverilen hastaların ailelerinden şikâyetler almak kadar canını sıkan bir şey yoktu, ama neredeyse her zaman başına gelen bir şeydi bu, çünkü akıl hastanesinde bir süre kalan hastaların kolayca normal hayata uydukları çok az görülen bir şeydi.

Hastanenin suçu değildi bu; dünyanın dört bir yanındaki hastanelerin hiçbirinin suçu değildi; yeniden uyum sağlama sorunu her yerde aynıydı. Tıpkı hapishanelerin hiçbir mahkûmu düzeltemedikleri –yalnızca onlara yeni yeni suç yöntemleri öğretebildikleri– gibi, hastaneler de hastaları tümüyle gerçekdışı bir dünyaya alıştırırlardı, çünkü buralarda her şeyi yapabilir, davranışlarının sorumluluğunu almak zorunda kalmazlardı.

Tek bir çıkar yol vardı: deliliğin tedavisini bulmak. Dr. Igor, tüm yüreği ve benliğiyle bunu yapmaya çalışıyordu, psikiyatri dünyasında devrim yaratacak bir tez geliştirmekteydi. Akıl hastanelerine geçici süreler için yatan ve şifa bulmaz hastalarla aynı koşulları paylaşan kişilerde bir sosyal dejenerasyon süreci başgösteriyordu ki, bir kez başladı mı bunu durdurmak imkânsızdı. Zedka Mendel bu hastaneye geri gelecekti, hem de kendi isteğiyle, gerçekte olmayan birtakım semptomlardan yakınarak, çünkü kendisini dışarıdakilerden daha iyi anlar görünen insanlara yeniden kavuşmak isteyecekti.

Oysa Dr. Igor deliliğin nedeni olduğuna inandığı Vitriol adlı zehirle baş etmenin bir yolunu bulursa, adı tarihe geçecek, dünya, sonunda Slovenya'nın nerede olduğunu öğrenecekti. Geçen hafta eline öyle bir fırsat geçmişti ki, gökten meleklerin gönderdiğine inanılabilirdi: başarısız bir intihar girişimi; iki dünya bir araya gelse bu fırsatı kaçırmak niyetinde değildi.

Dr. Igor mutluydu. Gerçi ekonomik nedenlerden dolayı, tıbbın yıllar önce yasakladığı kimi tedavileri, örneğin ensülin şoku gibi, kabullenmek zorunda kalıyordu, ama aynı ekonomik nedenlerle Villete'te yeni psikiyatri denemeleri yapabiliyordu. Vitriol araştırmalarına ayıracak vakit ve personele sahip olmanın yanı sıra, kendilerine Kardeşlik Çemberi adını veren bir grup insanın hastanede kalmaya devam etmeleri konusunda patronlarından izin koparmıştı. Hastaların kesinkes gerekenden bir süre daha fazla yatmaları, kurumun hissedarları tarafından hoş görülüyordu –sözcüğe dikkat: teşvik değil *hoşgörü*–. Bunun insancıl nedenlerle yapıldığı, iyileşen bir hastanın eski dünyasına dönmeye hazır olup olmadığına kendisinin karar vermeye hakkı olduğu ileri sürülüyordu. Böylece Villete'te, sanki burası seçkin bir otel ya da benzer ilgi alanları, görüşleri olan kişilerin bulunduğu bir kulüpmüş gibi kalan bir grup insan vardı. Dr. Igor delilerle akılları aynı mekânda tutmayı başarıyor, böylece ikincilerin birincileri olumlu yönde etkilemelerini sağladığını düşünüyordu. Durumun yozlaşmasını engellemek, delilerin iyileşenler üzerinde olumsuz etkilerini önlemek içinse, Kardeşlik Çemberi'nin her üyesinin günde en az bir kez hastaneden dışarı çıkması şarttı.

Hissedarların sağlıklı insanların hastanede kalmalarına izin vermelerinin –sözde 'insancıl nedenlerle'– bir bahane olduğunu Dr. Igor çok iyi biliyordu. Slovenya'nın küçük, sevimli başkenti Lyubliyana'da bu masraflı, modern hastaneyi ayakta tutacak kadar zengin delinin bulunamayacağından korkuyorlardı. Üstelik Sağlık Bakanlığı'nın birkaç tane birinci sınıf akıl hastanesi de vardı ve bu, akıl sağlığı piyasasında Villete için kesin bir dezavantaj demekti.

Eski kışlayı hastaneye dönüştürdüklerinde hedef aldıkları kitle, Yugoslavya ile savaştan etkilenecek kişilerdi. Oysa savaş kısa sürmüştü. Hissedarlar, savaşın yeniden başlayacağından emindiler, ama bu gerçekleşmemişti.

Üstelik, yeni yapılan araştırmalar bir başka gerçeği ortaya çıkarmıştı: savaşların psikolojik kurbanları vardı, ama bunların sayısı stres, tekdüzelik, doğuştan gelen hastalıklar, yalnızlık, dışlanmak gibi sorunların kurbanlarından çok daha azdı. Bir toplum, savaş, hiperenflasyon, salgın hastalık ve benzeri ciddi bir sorunla karşı karşıya olduğunda intihar sayısında hafif bir artış görülse de, depresyon, paranoya, psikoz vakalarında belirgin bir düşüş kaydediliyordu. Söz konusu sorun çözümlendiğinde vakalar gene normal düzeye dönüyordu. Dr. Igor'a göre bu şu anlama geliyordu: insanlar ancak koşullar buna elverdiğinde delirme lüksüne sahiptiler.

Önünde bir başka araştırmanın sonuçları vardı, bir Amerikan gazetesinin dünyanın en yüksek yaşam standardına sahip ülke olarak nitelediği Kanada'da yapılmış bir alan araştırmasıydı bu.

15-34 yaş arası kişilerin yüzde 40'ı, 35-54 yaş arası kişilerin yüzde 33'ü, 55-64 yaş arası kişilerin yüzde 20'si şu ya da bu türde bir akıl hastalığı geçirmiştir. Her beş kişiden birinde halen psikiyatrik bir bozukluk olduğu, her sekiz Kanadalı'dan birinin hayatta en az bir kez zihinsel bozukluklar yüzünden hastaneye yatırılacağı tahmin edilmektedir.

'Onların pazarı bizimkinden geniş,' diye düşündü Dr. Igor. 'İnsanların mutluluk olasılığı ne kadar yükselirse, mutsuzlukları da o kadar artıyor demek.'

Dr. Igor birkaç vakayı daha gözden geçirdi, hangilerini konseye aktaracağı, hangilerini kendi başına çözümleyeceği konusunda dikkatle düşündü. Bu işleri bitirdiğinde gün ışımıştı, elektriği söndürdü.

İlk randevusunun hemen gönderilmesini emretti: kendini öldürme girişiminde bulunan hastanın annesi.

"Ben Veronika'nın annesiyim. Kızım nasıl?"

Dr. Igor ona gerçeği söyleyip söylememe konusunda kararsız kaldı bir an, kadının ileride kötü sürprizlerle karşılaşmasını önlemek için –ne de olsa kendi kızı da aynı adı taşıyordu– en iyisi, hiçbir şey açıklamamaya karar verdi.

"Henüz bilemiyoruz," diye yalan söyledi. "Bir hafta daha beklemek gerek."

Kadın, gözyaşlarını zor tutarak, "Bunu neden yaptığını bir türlü anlayamıyorum,"dedi. "Her zaman sevgi ve şefkatle davrandık ona, onu iyi yetiştirmek için her türlü özveride bulunduk. Kocamla aramızda bazı geçimsizlikler olmuştur, ama yuvamızı yıkmadık, kötü günlerde hep dayanışma içindeydik. Veronika'nın iyi bir işi var, güzel bir kız, ama gene de..."

"...ama gene de kendini öldürmeye kalktı," dedi Dr. Igor. "Şaşılacak bir şey yok, hayat böyle. İnsanlar mutlulukla başa çıkamıyorlar bir türlü. İsterseniz size Kanada istatistiklerini gösterebilirim."

"Kanada mı?"

Kadın çok şaşırmıştı. Dr. Igor konuyu değiştirmeyi başarmıştı.

"Bakın," dedi, "siz buraya kızınızın nasıl olduğunu öğrenmeye değil, kendini öldürmeye kalkıştığı için özür dilemeye gelmişsiniz. Kaç yaşında?"

"Yirmi dört."

"Demek ki olgun, deneyimli bir kadın, ne istediğini biliyor ve kendi kararlarını kendi verecek yaşta. Sizin evliliğinizle ya da eşinizle birlikte yaptığınız özverilerle ne ilgisi var bunun? Kaç yıldır kendi başına yaşıyor?"

"Altı yıldır."

"Gördünüz mü? Tamamıyla bağımsız bir kişi. Ama sırf Avusturyalı hekimin biri –Dr. Sigmund Freud'dan söz ediyorum, mutlaka adını işitmişsinizdir– çocuklarla ana-babaları arasındaki sağlıksız ilişkiler üstüne bir şeyler yazdı diye, günümüzde insanlar her şeyin suçunu kendilerinde arıyorlar. Sizce Hintliler katil olan bir evladın ana-baba kurbanı olduğuna mı inanıyorlar? Söyleyin bakalım."

"En ufak bir fikrim yok," dedi kadın, hekimin davranışlarından dolayı uğradığı şaşkınlığı üstünden atamamıştı. Yoksa adam hastalarına mı benzemeye başlamıştı?

"O zaman ben söyleyeyim," dedi Dr. Igor. "Hintliler, genellikle, katilin suçlu olduğuna inanırlar, toplumun, ana-babanın ya da ataların değil. Japonlar, oğulları kafayı bulup, gidip birilerini vurursa intihar ederler mi? Hayır, gene hayır! Oysa hepimiz biliyoruz ki Japonlar incir çekirdeğini doldurmayacak nedenlerle kendilerini öldürmeye meraklıdırlar. Daha geçen gün gazetede okudum, bir Japon delikanlı, üniversite giriş sınavını kazanamadı diye kendini öldürmüş."

"Kızımı görebilir miyim acaba?" diye sordu kadın. Ne Japonlar'la ilgileniyordu, ne Hintliler'le, ne de Kanadalılar'la.

"Evet, evet, birazdan," dedi Dr. Igor, sözünün kesilmesine sinirlenmişti. "Ama önce şunu anlamanızı istiyorum: çok ciddi bazı patolojik vakalar dışında, insanlar yalnızca günlük yaşamın tekdüzeliğinden kurtulmak amacıyla delirirler. Anlıyor musunuz?"

"Anlıyorum. Ona iyi bakamayacağımdan korkuyorsanız, hiç kaygılanmayın. Ben hiçbir zaman yaşamımı değiştirmeye çalışmadım."

Dr. Igor'un içi rahatlamış gibiydi. "Çok iyi," dedi. "Düşünün bir kez, ömrümüzün her günü aynı şeyleri tekrarlamadığımız bir hayat hayal edebiliyor musunuz? Örneğin hepimiz yalnızca karnımız acıktığında yemek yemeye karar verseydik, ev kadınları ve lokantaların hali ne olurdu?"

'İnsanın yalnızca acıktığında yemek yemesi daha normal olurdu,' diye düşündü kadın, ama doktor, Veronika ile görüşmesine izin vermez korkusuyla bir şey demedi hemen.

Sonunda "Korkunç bir karmaşa meydana gelirdi," dedi. "Ben şahsen bir ev kadınıyım, ne dediğimi biliyorum, inanın."

"Böylece, kahvaltı ediyoruz, öğlen ve akşam yemeği yiyoruz. Her sabah belli bir saatte kalkıyoruz, haftada bir gün dinleniyoruz. Birbirimize armağan alalım diye Noel, göl kıyısında birkaç gün geçirelim diye Paskalya Günü var. Peki ya kocanız birden büyük bir tutkuya kapılsa, sizinle oturma odasında sevişmeye kalksa, ne yapardınız?"

'Bu adam nelerden söz ediyor? Ben kızımı görmeye geldim,' dedi kadın içinden.

"Çok hazin bir şey olurdu bu," dedi dikkatle, doğru yanıtı verdiğini umarak.

"Fevkalade!" diye haykırdı Dr. Igor. "Sevişilecek yer, yatak odasıdır. Başka herhangi bir yerde sevişmek, kötü örnek olur, anarşinin yayılmasına yol açar."

"Kızımı görebilir miyim?" diye sordu kadın.

Dr. Igor pes etti. Bu köylünün onun dilinden anlayacağı yoktu; kızının ciddi bir intihar girişiminde bulunduğunu, komadan yeni çıktığını bildiği halde, deliliği felsefi açıdan tartışmak onu ilgilendirmiyordu.

Zile bastı, sekreteri kapıda belirdi.

"Kendini öldürmeye kalkan genç hanımı çağırın," dedi. "Hani, gazetelere mektup yazan, Slovenya haritalarda yer alsın diye intihar ettiğini söyleyen kız..."

"Onunla görüşmek istemiyorum. Dış dünya ile tüm bağlarımı koparttım."

Salonda, herkesin önünde bu sözleri söylemek kolay olmamıştı. Ama hastabakıcı da gereken inceliği göstermemiş, herkesi ilgilendiren genel bir haber verircesine, annesinin kendisini görmek üzere beklediğini yüksek sesle ilan etmişti.

Annesini görmek istemiyordu, ikisinin de sinirini bozmaktan başka bir işe yarayamazdı bu. Annesinin onu öldü bilmesi en iyisiydi. Veronika vedalardan oldum olası nefret ederdi.

Adam, geldiği gibi gitti, kız da dağları seyretme işine geri döndü. Bir hafta saklanmış, sonunda görünmüştü güneş, ama kız bunun böyle olacağını daha dün geceden biliyordu, çünkü piyano çaldığı sırada ay haberi vermişti.

'Hayır, delilik bu, kendimi toparlamalıyım. Gezegenler kimseyle sohbet etmez, tabii kendine astrolog süsü verenler hariç. Ay dün gece biriyle konuştuysa o şizofren çocukla konuşmuştur.'

Bunu düşündüğü anda göğsüne müthiş bir sancı girdi ve kolunun tutulduğunu hissetti. Veronika'nın başı dönüyordu. Bir kalp krizi!

Hoş bir uçuş havasına girdi, sanki ölüm onu ölmek korkusundan kurtarmıştı. Demek her şey bitiyordu. Sancısı hâlâ sürüyordu, ama sonsuz huzura kavuşmak uğruna birkaç dakikalık acının ne önemi vardı? Gösterdiği tek tepki gözlerini kapamaktı; filmlerde en sinir olduğu şey faltaşı gibi açılmış ölü gözleriydi.

Oysa kalp krizi tahmin ettiğinden çok farklı bir şeydi; soluk almakta zorluk çekmeye başladı, birden dehşetle fark etti ki en büyük korkularından biri gerçekleşmekteydi: boğulmak. Sanki diri diri gömülmüş ya da bir anda denizin en derinliklerine dalmış gibi ölecekti.

Sendeledi, düştü, yüzünü sert bir şeye çarptı, soluk alabilme çabalarını kahramanca sürdürüyordu, ama hava bir türlü girmiyordu içine. Daha da kötüsü, ölüm yetişmiyordu. Çevresinde olup biten her şeyin bilincindeydi, renkleri, biçimleri ayırt edebiliyor, ama söylenenleri işitmekte zorluk çekiyordu; sesler, çığlıklar uzaktan, sanki başka bir dünyadan geliyordu. Bunun dışında her şey gerçekti; hava inatla ciğerlerine girmiyor, kaslarının devinimine karşı koyuyordu, buna karşın kendini kaybedemiyordu.

Birinin onu tutup sırtüstü çevirdiğini hissetti, ama artık göz hareketlerini de denetleyemez durumdaydı; gözleri çılgınca kırpışıyor, beynine yüzlerce farklı imge gönderiyordu, görme duyusu tümüyle altüst oluyor, soluk alamıyordu.

Bir süre sonra imgeler de uzaklaştı ve acısı doruk noktaya ulaştığı anda, ciğerleri sonunda havayla doldu, öyle bir gürültü koptu ki, salondaki herkes korkudan taş kesildi.

Veronika kusmaya başladı, ama ne kusmak, çağlayanlar gibi. Trajik an, sonuna ulaşmadan geçmişti ya delilerden bazıları gülmeye koyuldular. Kız kendini aşağılanmış, yitmiş, taş kesilmiş hissediyordu.

Hastabakıcının biri koşarak gelip koluna bir şırınga dayadı.

"Tamam, oldu işte, sakin ol, geçti, bitti."

"Ölmedim!" diye bağırmaya başladı, yerde sürünerek, döşemeye, eşyalara kusmuğunu bulaştırarak öteki hastalara doğru ilerledi. "Hâlâ bu Allah'ın cezası hastanedeyim. Sizin gibilerin arasında yaşamaya mahkûmum. Her gün, her gece binlerce ölüm yaşıyorum, birinizin bile şu kadarcık umurunda değilim."

Dönüp hastabakıcıya saldırdı, adamın elindeki şırıngayı kaptığı gibi bahçeye fırlattı.

"Sen ne istiyorsun, peki? Şu iğneye zehir doldursana! Zaten öleceğim. Ne kadar kalpsizsin!"

Artık kontrolünü iyice kaybetmişti, yere oturup bağıra çağıra, hüngür hüngür ağlamaya başladı. Bu arada kimi hastalar gülüyor, üstünün başının pisliği hakkında yorumlar yapıyorlardı.

Acele adımlarla yaklaşan bir doktor, "Bir yatıştırıcı yapın," diye seslendi. "Durumu kontrol altına alın."

Oysa hastabakıcı taş kesilmişçesine olduğu yerde dikilip duruyordu. Doktor yeniden dışarı çıktı, yanında iki erkek hastabakıcıyla geri döndü, elinde de yeni bir şırınga vardı. Odanın ortasında isterik bir halde debelenen kızı sıkıca yakaladılar, adamlar onu tutmaya uğraşırlarken doktor iğneyi kızın kusmuk bulaşmış koluna dayadı.

Dr. Igor'un muayene odasındaydı, tertemiz çarşaflı pırıl pırıl beyaz bir yatakta yatmaktaydı.

Hekim, kızın kalbini dinliyordu. Kız hâlâ uyuyormuş numarası yapıyordu, ama içinde bir şeyler değişmiş olmalı ki, adam mırıldandı:

"Hiç tasalanma, bu sağlık durumuyla yüz yaşına kadar yaşarsın."

Veronika gözlerini açtı. Birileri onu soymuştu. Kim? Dr. Igor mu? Onu çırılçıplak mı görmüştü yani? Kafası doğru dürüst çalışmıyordu.

"Ne dediniz?"

"Tasalanmaya gerek yok dedim."

"Hayır, yüz yaşına kadar yaşayacağımı söylediniz."

Doktor masasının başına geçti.

Veronika yineledi: "Yüz yaşıma kadar yaşayacağımı söylediniz."

"Tıpta hiçbir şey kesin değildir," dedi Dr. Igor, gardını alarak. "Her şey mümkündür."

"Kalbim nasıl?"

"Eskisi gibi."

Başka bir şey duymasına gerek yoktu. Ciddi bir vakayla karşı karşıya olduklarında hekimler hep aynı şeyleri söylerlerdi: 'Yüz yaşına kadar yaşarsın,' ya da 'Hiçbir ciddi sorununuz yok,' ya da 'Tansiyonunuz, kalbiniz bir genç kızınkinden farksız,' ya da 'Bazı testleri tekrarlamamız gerekiyor.' Hastanın muayenehanede delireceğinden korkuyorlardır, Allah bilir.

Kız doğrulmaya çalıştı, ama başaramadı; oda, çevresinde dönüyordu.

"Biraz daha uzan, kendini toparlayana dek. Beni rahatsız ediyor değilsin."

'Ya, öyle mi, ne iyi,' diye düşündü Veronika. 'Peki ya rahatsız etseydim?'

Deneyimli bir hekim olan Dr. Igor, bir süre hiç sesini çıkarmadı, masasındaki dosyaları okuyormuş gibi yaptı. Bir insanla aynı odadayken, o insan hiçbir şey söylemezse, sinir bozucu, gergin, dayanılmaz bir durum doğar. Dr. Igor kızın birazdan konuşmaya başlayacağını umuyordu, böylece delilik konusundaki tezi ve geliştirmekte olduğu tedavi üzerine yeni yeni veriler toplayabilecekti.

Ama Veronika tek sözcük bile söylemedi. 'Hâlâ yüksek Vitriol zehirlenmesinin etkisi altında olabilir,' diye düşündü Dr. Igor ve sessizliği bozmaya karar verdi, çünkü sinir bozucu, gergin ve dayanılmaz bir durum oluşmaya başlamıştı.

"Demek piyano çalmayı seviyorsunuz," dedi havadan sudan konuşuyormuşçasına.

"Delilerin de hoşuna gidiyor. Dün dinleyen bir delikanlı vardı, gözlerini benden ayıramadı."

"Evet. Eduard. Çalışınızı ne kadar sevdiğini birilerine söylemiş. Kimbilir, artık yemek yemeye bile başlayabilir."

"Şizofrenler de müzik sever miymiş? Hem de birilerine bundan söz etmiş, ha?"

"Evet. Konuşuyorsun, ama konu hakkında hiçbir bilgin olmadığını sanıyorum."

Bu hekim –gerçi boyalı saçlarıyla daha çok hastayı andırıyordu– haklıydı. Veronika 'şizofren' sözcüğünü çok duymuştu, ama ne anlama geldiği hakkında en ufak bir fikri yoktu.

Şizofreni konusunda bir şeyler öğrenme umuduyla, "Şifası var mı yani?" diye sordu.

"Denetim altına alınabilir. Delilerin dünyasında neler olup bittiğini hâlâ pek bilmiyoruz. Her şey çok yeni, tedaviler her on yılda bir değişiyor. Şizofren dediğimiz kişiler zaten doğuştan dünya ile ilişkilerini kesme eğiliminde oluyorlar, derken bir etken –ki bu kimi kez ciddi, kimi kez de önemsiz bir olay olabilir, bireysel koşullara göre değişir– o kişiyi kendi gerçekliğini yaratmaya zorluyor. Bu tam bir yabancılaşma durumu olabilir ki adına katatonik deriz; ama arada iyileşenler de oluyor, en azından hastanın çalışmasına, az-çok normal bir yaşam sürdürmesine izin verecek kadar. Hepsi, tek şeye, çevreye bağlı."

"Kişi kendi gerçekliğini yaratır, diyorsunuz," dedi Veronika, "peki, gerçeklik nedir?"

"Çoğunluk ne diyorsa odur. İlle de en iyisidir ya da en mantıklısıdır anlamına gelmez bu, toplumun bir bütün olarak isteklerini en yakından karşılayandır. Boynumdaki şu şeyi görüyor musun?"

"Kravatınızı mı yani?"

"Tastamam! Yanıtın, tamamıyla normal bir insanın vereceği mantıklı, uyumlu bir yanıt: kravat!.. Oysa deli olan biri boynumdaki bu şeyin saçma sapan, yararsız renkli bir bez parçası olup çok karmaşık bir biçimde bağlandığını, ciğerlerime hava gitmesini ve kafamı çevirmemi zorlaştırdığını söyleyecektir. Yalan da değil, bir vantilatöre falan yaklaştığımda çok dikkatli davranıyorum, bir kaptırdım mı bu bez parçası yüzünden boğulabilirim.

"Bir deli, bana bu kravatın ne işe yaradığını soracak olsa, ister istemez hiçbir şey demek zorundayım. Yalnızca süs olarak kullanıldığı bile söylenemez, çünkü günümüzde cesaretin, gücün, üstünlüğün simgesi haline geldi. Tek yararlı işlevi, eve gidip de çıkardığınızda duyduğunuz rahatlama; insan sanki bir şeyden kurtulmuş gibi oluyor, neden kurtulduğunu bilemiyor, o başka.

"Peki, o rahatlama duygusu bu mereti takmamız için geçerli bir neden mi? Hayır. Gene de bir deliye ve bir normal insana bunun ne olduğunu sorsam, aklı başında olan 'kravat' yanıtını verecektir. Kimin doğruyu söylediği değil, kimin doğru yanıtı verdiği önemli."

"Demek, renkli bir bez parçasının doğru adını söylediğim için benim deli olmadığım sonucuna varıyorsunuz."

Hayır, deli değilsin, dedi Dr. Igor kendi kendine. Ne de olsa bu konuda yetki sahibiydi, odasının duvarları çeşitli diplomalarla doluydu. Yaşamına son verme girişimi insana özgü bir şeydi. Aynı şeyi yapan, ama hastane duvarlarının dışında yaşayan pek çok kişi tanıyordu. Onlar masumiyet ve normallik taslıyorlardı, çünkü intihar gibi skandal sayılan bir yolu seçmemişlerdi. Yavaş yavaş öldürüyorlardı kendilerini, Dr. Igor'un adını Vitriol koyduğu zehri emerek.

Vitriol, toksik bir maddeydi, tanıştığı kadın ve erkeklerde belirtilerini açıkça görmüştü. Şimdi de bu konuda bir tez yazıyordu. Tezini Slovenya Bilim Akademisi'ne sunacaktı. Dr. Pinel hastaların zincirlerinin çıkarılmasını emrettiği, dolayısıyla bazılarının iyileşme umudu olduğu fikriyle tıp dünyasını şaşkınlığa uğrattığı günden bu yana, akıl hastalığı alanında atılan en önemli adım olacaktı bu.

Aynı libido –Dr. Freud'un belirlediği, ama hiçbir laboratuvarın izole edemediği, cinsel isteği gerçekleştiren kimyasal tepkime– gibi, Vitriol da, kişi kendini korkutucu bir durumla karşı karşıya bulduğunda organizma tarafından salgılanıyordu, ama bugüne dek hiçbir testte görülmemişti. Ancak tanınması çok kolaydı tadından dolayı, şekerli ya da ağız sulandırıcı bir tat değildi bu, acıydı. Bu ölümcül maddenin henüz tanınmayan kâşifi Dr. Igor, geçmişte imparatorların, kralların, âşıkların şu ya da bu şekilde kurtulmak istedikleri biri olduğunda pek rağbet ettikleri bir zehrin adını vermişti bu maddeye.

Kralların, imparatorların hüküm sürdüğü o altın çağda insanlar romantik bir yaşam sürüyor, romantik biçimlerde ölüyorlardı. Katil, kurbanını muhteşem bir yemeğe davet eder, hizmetkâr iki şahane kadehte içkilerini sunardı, kadehlerin birinde içkiye karışmış olarak Vitriol bulunurdu. Kurbanın her hareketinin uyandıracağı heyecanı düşünün bir; kadehi eline alıyor, birkaç tatlı ya da saldırgan söz söylüyor, sanki içinde nefis bir içki varmış gibi kadehi başına dikiyor, ev sahibine şaşkın şaşkın bakıyor bir an ve yere yuvarlanıyor.

Çok pahalı ve zor bulunan bu zehir, zamanla yerini daha emin öldürme yöntemlerine bırakmıştı: tabanca, bakteri, vb. Doğuştan romantik biri olan Dr. Igor, zehrin adını, unutulmaktan kurtararak, teşhis etmeyi başardığı ruh hastalığına vermişti ve yakında bu keşfiyle dünyayı ayağa kaldıracaktı.

Vitriol'ün ölümcül bir zehir olduğunu nedense hiç kimse fark etmemişti; oysa etkisi altında olanların çoğu tadını çok iyi biliyor, zehirlenme sürecini '*Acılaşmak*' olarak adlandırıyorlardı. Herkesin bünyesinde az ya da çok oranda Acılaşmışlık vardı aslında, nasıl hepimiz tüberküloz virüsü taşıyorsak. Ama her iki hastalık da yalnızca kişinin bünyesi zayıfladığında saldırıya geçer. Acılaşma söz konusu olduğunda, kişi sözde 'gerçeklik'ten korkmaya başladığında hastalık için gerekli koşullar hazır demektir.

Dış tehditlerden korunaklı dünyalar yaratmak isteyen kimi kişiler fazla ileri gidip dış dünyaya karşı abartılı yüksek duvarlar örerler. Yeni insanlara, yeni yerlere, farklı yaşantılara karşı yükselen bu duvarlar onların iç dünyasını da yoksullaştırır. İşte Acılaşmak burada devreye girer. Acılaşma'nın (ya da Dr. Igor'un tercih ettiği adıyla Vitriol'ün) ana hedefi iradedir. Bu hastalığa tutulanlar her türlü isteği yitirmeye başlarlar, birkaç yıl içinde kendi dünyalarının dışına çıkamaz olurlar, çünkü tüm enerjilerini çevrelerine duvar örmeye harcamışlardır.

Dış saldırılardan kaçınmak amacıyla, kendi içsel gelişmelerini de sınırlamışlardır. İşe gitmeyi, televizyon seyretmeyi, çocuk yapmayı, trafikten şikâyet etmeyi sürdürürler, ama bunlar hep otomatiğe bağlanmıştır ve herhangi bir duyguyla ilişkileri yoktur – her şey kontrol altında olduğu sürece.

Zehrin bünyeye yayılmasının yarattığı en büyük sorun, tutkuların –nefret, aşk, umutsuzluk, merak vb. – su yüzüne çıkmasını önlemesidir. Acılaşan insan zamanla hiçbir istek duymaz. Ne yaşayacak, ne de ölecek iradeye sahiptir artık, sorunun özü de budur.

İşte bu nedenle, acılaşan insanlar için, ünlü kahramanlar da, deliler de bitmez tükenmez bir merak kaynağıdır; çünkü onlarda yaşam korkusu da yoktur, ölüm korkusu da. Kahramanlar olsun, deliler olsun tehlikelere aldırmaz, kim ne derse desin bildiklerini okurlar. Deli intiharı seçer, kahraman bir dava uğruna kendini feda etmeyi, ama ikisi de ölür. Bu arada acılaşmış kişi her ikisinin de saçmalığını ve görkemini yorumlamaya çalışmakla geçirir gecesini, gündüzünü. Acılaşmış kişinin öz savunması için yükselttiği duvara tırmanıp dış dünyaya bir göz attığı anlarda olur bu. Derken, elleri ayakları yorulur, yeniden geriye, günlük yaşamına döner.

Kronik acılaşma vakalarında, söz konusu kişi hastalığını haftada yalnızca bir kez hisseder: pazar günleri öğleden sonraları. O durumda tekdüze bir işle oyalanamadığından, belirtiler ortaya çıkar. Bir türlü geçmek bilmeyen o sakin öğle sonları cehennemden farksızdır, kişi huzur yerine derin ve kesintisiz bir sinirlilik içinde olduğundan hayatında bazı şeylerin hiç de doğru düzgün gitmediğini fark eder.

Derken, pazartesi günü gelir ve acılaşmış kişi, bir gün önceki sıkıntısını unutur, ama hiçbir zaman doğru dürüst dinlenecek vakti olmadığından, hafta sonlarının çok çabuk geçtiğinden şikâyet etmekten geri durmaz.

Toplumsal açıdan hastalığın tek avantajı, artık norm haline gelmiş olmasıdır; dolayısıyla hastanın kapatılmasına gerek kalmamıştır artık, zehirlenmenin çok ileri derecede olduğu, hastanın davranışlarının başkalarını etkilemeye başladığı durumlar hariç. Çoğu acılaşmış insanlar, toplum için herhangi bir tehdit oluşturmaksızın dışarıda yaşamayı sürdürebilirler, çünkü çevrelerine ördükleri duvarlar öylesine yüksektir ki, toplum yaşamına katılır gibi görünseler bile dünyadan tümüyle yalıtılmış durumdadırlar.

Dr. Sigmund Freud, libidoyu keşfetmiş ve yarattığı sorunların tedavisi olarak psikanalizi ortaya çıkarmıştı. Dr. Igor ise Vitriol'ün varlığını keşfetmenin yanı sıra, bunun tedavisinin de mümkün olabileceğini kanıtlamak zorundaydı. Tıp tarihinde iz bırakmak istiyordu, ama fikirlerini yayımladığında büyük zorluklarla karşılaşacağını da bilmez değildi. Çünkü 'normal' insanlar hayatlarından hoşnut olduklarından, böyle bir hastalığın pençesinde olduklarını kabul etmeye yanaşmayacaklardı; öte yandan 'hastalar', akıl hastaneleri, laboratuvarlar, kongreler, vb.'den oluşan dev bir endüstriyi ayakta tutmaktaydılar.

'Dünya, çabalarımın değerini bilmeyecektir,' dedi kendi kendine. Anlaşılmamaktan gurur duyuyordu, çünkü tüm dâhiler bu bedeli ödemişlerdi.

"Bir şey mi oldu, doktor bey," diye sordu kız. "Hastalarınızın dünyasına dalmış gibisiniz."

Dr. Igor bu saygısızca sözü dikkate almamaya karar verdi.

"Artık gidebilirsiniz," dedi.

Vakit gündüz müdür, gece midir bilemiyordu Veronika. Dr. Igor'un odasında ışık yanıyordu, ama sabahları da elektriği açardı o. Koridora çıkıp da pencereden ayı gördüğünde anladı ki, sandığından çok daha uzun süre uyumuştu.

Koğuşuna doğru giderken duvarda çerçevelenmiş bir fotoğraf gördü. Lyubliyana'nın ana meydanında, şair Preseren'in heykeli dikilmeden önce, herhalde bir pazar öğle sonrasında çekilmiş, kol kola dolaşan çiftleri gösteriyordu.

Fotoğrafın tarihine baktı: 1910 yazı.

1910 yazı... Çocukları, hatta torunları bile ölmüş olan şu insanlar, resimde, yaşamlarının belli bir ânında donmuş olarak yaşıyorlardı. Kadınlar, uzun, kat kat giysiler içindeydiler, erkeklerin hepsi de şapkalı, ceketliydiler; bacaklarında tozluk, boyunlarında kravat (ya da delilerin adlandırmasıyla, renkli bir bez parçası) vardı, şemsiye taşıyorlardı.

O sırada hava sıcaklığı neydi acaba? Günümüzdeki yazlardan farklı olmasa gerekirdi: gölgede 35 derece. Sıcağa daha uygun bir giysiyle, kısa kollu gömlek ve şortla diyelim, gelen bir İngiliz turist görecek olsalar ne derlerdi o insanlar?

"Deli midir, nedir?"

Dr. Igor'un demek istediklerini çok iyi anlamıştı; aynı şekilde, ömrü boyunca sevilip korunduğunu hissettiği halde, sevgiyi gerçek bir kutsamaya dönüştürecek öğenin eksikliğini de anlıyordu şimdi. Biraz daha deli dolu olma hakkını tanımalıydı kendine.

Ana-babası gene de severlerdi onu kuşkusuz, ama onları üzmekten korktuğu için hayalini gerçekleştirmenin bedelini ödeyememişti. Belleğinin derinliklerinde yatıyordu o hayal artık; gerçi arada bir, çok güzel bir konser ya da çok iyi bir plak dinlediğinde canlanır gibi oluyordu, ama o zaman duyduğu kıstırılmışlık duygusu o kadar ağır geliyordu ki, hayalini bastırıp derin uykulara gönderiyordu yeniden.

Veronika ta çocukluğundan beri biliyordu ki piyanist olmak için dünyaya gelmişti.

On iki yaşında ilk piyano dersini aldığı günden beri biliyordu bunu. Öğretmeni de ondaki yeteneği görmüş, mesleğini bu yönde seçmesi için yüreklendirmişti onu. Ama ne zaman kazandığı bir yarışmadan duyduğu sevinçle annesine koşup, her şeyi bir yana bırakıp kendini piyanoya adayacağını söylese hep aynı tepkiyle karşılaşıyordu. Annesi ona sevecenlikle bakıyor, "Ama yavrum, kimse piyano çalarak hayatını kazanamaz," diyordu.

"Ama beni piyano derslerine yollayan sizsiniz."

"Sanatsal yanın da gelişsin istedik, başka bir şey değil. Erkekler eşlerinin bu gibi yetenekleri olmasından hoşlanırlar, bir partiye falan gittiğinizde seninle gösteriş yapacaktır. Piyanist olma hayalini unut, yavrum. En iyisi hukuk okumak, geleceğini garantiye alacak meslek bu."

Veronika, annesinin gerçeği görecek ölçüde hayat deneyimi olduğuna inanarak, onun dediğini yaptı. Liseyi bitirdikten sonra üniversiteye gidip iyi bir dereceyle hukuk diploması aldı. Ama sonuç olarak bir kütüphanede iş bulabildi.

"Onlara aldırmayıp delice davranmalıydım." Ama pek çok insan gibi o da bunu çok geç anlamıştı.

Ay hâlâ hilal halindeydi, Veronika, Eduard'ın sessiz ricasını kırmayarak piyanonun başına oturmuştu ki, yemekhaneden gelen sesi işitti. Veronika'nın Villete'te daha önce duymadığı bozuk bir şiveyle konuşan yabancı birinin sesiydi bu.

"Şu anda piyano çalmak istemiyorum, Eduard, dünyada neler olup bittiğini öğrenmek istiyorum. İçeride neler konuşuyorlar, o adam kim, merak ettim."

Eduard gülümsedi, ağzından çıkan hiçbir sözcüğü anlamamıştı belki de; ama kız, Dr. Igor'un şizofrenler konusunda dediklerini hatırladı: onlar kendi ayrı dünyalarına istedikleri zaman girip çıkabiliyorlardı.

"Ben ölmek üzereyim," diye devam etti, sözlerinin onun için bir anlam taşıdığını umarak. "Bugün ölüm, kanatlarını yüzüme yüzüme çarptı. Yarın, bilemedin birkaç gün sonra kapımı da çalacak. Her gece piyano dinlemeye alışmasan senin için iyi olur.

"İnsan hiçbir şeye alışmamalı, Eduard. Bana baksana, tam da güneşin keyfini yaşamaya başlamıştım yeniden; dağlara bakmaya, yaşamın sorunlarına bile alışacak gibiydim. Yaşamın anlamsızlığının bile kendi suçum olduğunu kabullenmek üzereydim. Lyubliyana'nın ana meydanını tekrar görmek istiyordum. Sevgi ve nefret, çaresizlik ve bıkkınlık, günlük hayatı oluşturan bir sürü basit, ama yaşama tat katan şeyi hissetmek istiyordum. Bir gün buradan çıkacak olsaydım, delilikler yapma fırsatı tanıyacaktım kendime, aslında herkes deli, en deliler de deli olduklarının farkında olmayanlar.

"Oysa bunların hiçbiri olası değil artık, anlıyor musun? Aynı şekilde sen de, gün boyu gecenin gelmesini, hastalardan birinin piyano çalmasını beklememelisin. Çünkü yakında bu da sona erecek. Benim dünyamla senin dünyan sona ermek üzere."

Ayağa kalktı, delikanlının yüzüne dokundu sevecenlikle ve yemekhaneye doğru yürüdü.

Kapıyı açtığında alışılmadık bir sahneyle karşılaştı; masalar, sandalyeler duvar diplerine itilmiş, ortada büyük bir boş alan oluşturulmuştu. Kardeşlik Çemberi'nin üyeleri o boş alanda yerlere oturmuş, takım elbiseli, kravatlı bir adamın konuşmasını dinliyorlardı.

"...böylece Nasruddin'i, Sûfi geleneğinin en büyük üstadını davet ettiler," diyordu adam.

Kapı açıldığında oradaki herkes dönüp Veronika'ya baktı. Takım elbiseli adam da ona döndü,

"Oturunuz," dedi.

Kız yere, ilk karşılaştıklarında kendisine korkunç saldırgan davranan Mari adlı ak saçlı kadının yanına oturdu. Mari ona dostça gülümseyince çok şaşırdı.

Takım elbiseli adam konuşmasını sürdürdü:

"Nasruddin, öğleden sonra saat ikide konferansına başlayacağını duyurmuştu. Pek başarılı bir gösteri olacağa benziyordu: bin kişilik salonda tüm yerler satılmış, dışarıda kalan yedi yüzü aşkın kişi konuşmayı kapalı devre televizyonda izlemeyi göze almıştı.

"Saat tam ikide, Nasruddin'in müritlerinden biri sahneye çıkarak, üstadın elinde olmayan nedenlerle gecikeceğini bildirdi. Topluluktan bazıları öfkeyle kalkıp, paralarını geri isteyerek salonu terk ettiler. Gene de, konferans salonunun içinde ve dışında bekleyen pek çok kişi kaldı.

"Saat dördü bulduğunda Sûfi üstat hâlâ görünürde yoktu, insanlar yavaş yavaş salonu terk etmeye, çıkarken gişeden paralarını geri alarak evlerinin yolunu tutmaya koyuldular. Saat altıyı gösterdiğinde, başlangıçtaki bin yedi yüz küsur seyirciden geriye kala kala yüz kişi kadar kalmıştı.

"Derken Nasruddin geldi. Zil zurna sarhoş görünüyordu, en ön sırada oturan çok güzel bir genç kadınla flörte koyuldu.

"Salonda bulunanlar son derece şaşırmış ve öfkelenmişlerdi. Kendilerini tam dört saat beklettikten sonra, bir de böyle davranmaya nasıl cüret ediyordu bu adam? Homurtular yükseldi, ama Sûfi üstat, onlara aldırmadı bile. Genç kadına yüksek sesle ne kadar seksi olduğunu açıkladıktan sonra birlikte Fransa'ya gitmeyi önerdi."

Amma da hocaymış, diye düşündü Veronika. Neyse ki kendisi hiç böyle şeylere kapılmamıştı.

"Nasruddin, protesto eden seyircilere ağzına geleni söyledikten sonra ayağa kalkmaya çalıştı, ama paldır küldür yere yuvarlandı. Seyirciler tiksinti içinde salonu terk etmeye koyuldular, bunun şarlatanlıktan başka bir şey olmadığını, bu aşağılık gösteriyi basına yansıtacaklarını dile getirdiler.

"Geriye kala kala dokuz kişi kalmıştı. Öfkeli grupların sonuncusu da salondan ayrılınca, Nasruddin yerden kalktı; tamamen ayıktı, gözleri parlıyordu, son derece onurlu ve bilgece bir görüntüsü vardı. 'Beni dinleyecek olanlar sizlersiniz,' dedi. 'Tinsel yolculuğun en zor iki sınavını başarıyla geçtiniz: gereken ânı bekleyecek sabra ve karşılaştıklarınızdan hayal kırıklığına uğramayacak cesarete sahipsiniz. Sizleri öğrenci olarak kabul edebilirim.'

"Ve Nasruddin, kimi Sûfi yöntemlerini onlarla paylaştı."

Adam cebinden tuhaf bir flüt çıkardı.

"Şimdi kısa bir ara verelim, sonra meditasyona başlarız."

Topluluk üyeleri ayağa kalktılar. Veronika ne yapacağını bilemedi.

"Sen de kalk," dedi Mari, onu elinden tutarak. "Beş dakika ara verildi."

"Ben gideyim, kimseyi rahatsız etmek istemem."

Mari onu bir köşeye çekti.

"Hiçbir şey öğrenemedin mi daha, ölüm kapındayken bile? İkide bir onu rahatsız edeceğim, bunun canını sıkacağım diye düşünmesene. İnsanların hoşuna gitmiyorsa şikâyette bulunabilirler. Şikâyet edecek cesaretleri yoksa, bu onların sorunu."

"O gün, sizin yanınıza geldiğimde, hayatımda hiç cesaret edemediğim bir şey yaptım."

"Sonra da delinin biri bir espri yaptı diye geri çekildin. Neden ısrarlı davranmadın? Kaybedecek neyin vardı?"

"Onurum. Beni istemeyenlerin arasında duramazdım."

"Onur da neymiş? Herkesin seni iyi, terbiyeli, insan sevgisiyle dolu sanması isteği yalnızca. Doğaya karşı saygı duy biraz, hayvanlar üzerine yapılmış birkaç film izle de, nasıl bir yaşam savaşı veriyorlar gör. O tokatı patlattığın zaman hepimiz sana candan hak verdik."

Veronika'nın yaşam savaşı vermekle harcayacak vakti yoktu, bu yüzden konuyu değiştirdi, takım elbiseli adamın kim olduğunu sordu.

Mari güldü, "İlerleme kaydettin bile," dedi. "Ayıp kaçacak mı kaçmayacak mı diye düşünmeden bir soru sordun işte. Kendisi bir Sûfi hoca."

"*Sûfi* ne demek?"

"Yün."

Veronika anlamadı. "Yün mü?"

"Sûfilik bir derviş geleneğidir. Sûfi hocalar hiçbir zaman ne kadar bilge olduklarını gösterme çabasına girmezler, müritleri ise döne döne yaptıkları bir dans sayesinde transa girerler."

"Bunun amacı nedir?"

"Pek emin değilim, ama grubumuz yasaklanmış her türlü yaşantıyı araştırma kararı aldı. Yaşamım boyunca hükümetimiz, yaşamın tinsel anlamını araştırmanın, insanlara gerçek sorunlarını unutturmak amacını taşıdığını öğretti bizlere. Oysa, sence yaşamı kavramaya çalışmak gerçek bir sorun değil midir?"

Öyleydi herhalde, gerçi Veronika *'gerçek'* sözcüğünün ne anlama geldiğinden artık pek emin değildi.

Takım elbiseli adam –Mari'nin dediğine göre Sûfi hoca– onlara daire biçiminde oturmalarını söyledi. Bir vazonun içindeki çiçekleri, biri hariç, boşalttı; geriye bir tek kırmızı gül kaldı, bunu da dairenin ortasına koydu.

"Görüyor musun, ne ilerlemeler kaydetmişiz," dedi Veronika. "Delinin biri kışın da çiçek yetiştirilebileceğine karar vermiş, böylece günümüzde Avrupa'nın her yanında yıl boyu gül bulabiliyoruz. Senin Sûfi üstadın, tüm bilgeliğine karşın, bunu başarabilir miydi?"

Mari onun sözlerinin gerisindeki düşünceyi anlamıştı.

"Eleştirilerini sonraya sakla," dedi.

"Elimden geleni yaparım, gerçi elimde yalnızca şimdiki zaman var ama... hem de epeyce kısa bir zaman."

"Kimsede daha fazlası yok, şimdiki zaman ise her zaman kısadır. Tabii bazı insanlar, bir sürü şeyler biriktirdikleri bir geçmişleri ve daha bir sürü şey daha biriktirebilecekleri bir gelecekleri olduğuna inanırlar, o başka. Şimdiki zaman dedim de, aklıma geldi, çok mastürbasyon yapar mısın?"

Veronika, yatıştırıcı ilaçların hâlâ etkisi altında olmasına karşın. Villete'te işittiği ilk sözleri ânında hatırladı.

"Buraya ilk getirdiklerinde, her tarafıma solunum makinesinin tüpleri takılıyken, birinin bana mastürbasyon isteyip istemediğimi sorduğunu çok iyi hatırlıyorum. Ne demek oluyor bu? Sizler vaktinizi neden bu tür şeyler düşünmekle harcıyorsunuz?"

"Dışarıda da aynıdır. Bizler burada bunu saklamak zorunda değiliz, o kadar."

"O soruyu sen mi sormuştun bana?"

"Hayır. Ama, zevk söz konusu olduğunda, ne kadar ileri gidebileceğini öğrenmen gerek bana kalırsa. Bir dahaki sefere, biraz sabır gösterirsen, yanındaki erkeğin sınırlarına uyacağına onu da daha ileri götürebilirsin. Önünde yaşayacak iki günün kalmışsa bile, bence ne kadar ileri gidebileceğini bilmeden bu yaşama veda etmemelisin."

"Yanımdaki erkek şu şizofrense ne âlâ. Şu anda gidip ona piyano çalmamı bekliyor zaten."

"Gerçekten de yakışıklı bir çocuk."

Takım elbiseli adam, sessizlik çağrısında bulunarak bu konuşmayı kesti. Herkese dikkatlerini gül üstünde yoğunlaştırmalarını, kafalarını boşaltmalarını söyledi.

"Düşünceler kafanıza üşüşmeyi sürdürecektir, ama onları bir kenara itmeye çalışın. İki seçeneğiniz var: ya zihninizi denetleyeceksiniz ya da zihninizin sizi denetlemesine izin vereceksiniz. İkincisine alışkınsınız zaten, korkular, nevrozlar, güvensizlikler içinde savrulup gidiyorsunuz, çünkü hepimizin kendi kendini yok etme eğilimi var.

"Delilikle kontrol kaybını birbirine karıştırmayın. Unutmayın ki Sûfi geleneğinde üstat Nasruddin'e herkes deli der. Zaten bu yüzden, herkes onu deli sandığı için, o da her istediğini söylemekte, her istediğini yapmakta özgürdür. Ortaçağlarda saray palyaçoları da aynı durumdaydı; vezirlerin kafalarını kaybetmek korkusuyla dile getiremedikleri pek çok konuda yorum yapabilirlerdi.

"Sizler de aynı şeyi yapabilmelisiniz; deliliği elden bırakmadan normal insanlar gibi davranın. Farklı olmak riskini göze alın, ama bunu fazla dikkat çekmeden başarmaya bakın. Gözünüzü şu çiçekten ayırmayın, gerçek 'ben'in ortaya çıkmasına izin verin."

Veronika sordu: "Gerçek 'ben' nedir?" Belki oradaki herkes bunu biliyordu, ama ne önemi vardı, başkalarını kızdırmaktan korkmamayı öğrenmek zorundaydı.

Adam sözünün kesilmesine şaşırmış gibiydi, ama sorunun yanıtını verdi:

"İçindeki sen, başkalarının biçimlendirmediği sen."

Veronika olaya katılmaya karar verdi, kim olduğunu keşfetmek amacıyla elinden geldiğince yoğunlaştırdı dikkatini. Villete'e geldiğinden beri, eskiden hiç duymadığı yoğunlukta duygular yaşamıştı: nefret, sevgi, korku, merak, yaşama isteği. Belki de Mari haklıydı, orgazmın ne olduğunu bile biliyor muydu acaba? Yoksa şimdiye dek yalnızca erkeklerin onu götürmek istedikleri yere kadar gidip kalmış mıydı?

Adam flüt çalmaya başladı. Yavaş yavaş müzik ruhunu yatıştırdı. Tüm dikkatini gül üstünde yoğunlaştırmayı başardı. Belki de aldığı yatıştırıcıların etkisiydi bu, ama gerçek şu ki: Dr. Igor'un odasından çıktığından beri kendini çok iyi hissediyordu.

Yakında öleceğini biliyordu, korkmanın ne gereği vardı? Bir işe yaramazdı ki bu, ölümcül kalp krizini engelleyecek değildi korku. En iyisi elinde kalan günleri, saatleri keyifle geçirmek, şimdiye dek hiç yapmadığı şeyleri yapmaktı.

Müzik yumuşacıktı, yemekhanenin loş ışığı ile birlikte neredeyse dinsel bir hava yaratıyordu. Din: ruhunun derinliklerine inip eski inançlarından geriye ne kaldıysa bulmaya çalışsa fena mı olurdu?

Oysa müzik onu başka yerlere götürüyordu: kafanı boşalt, herhangi bir şey düşünme, yalnızca OL. Veronika kendini bıraktı, gözünü güle dikti, kim olduğunu gördü, gördüğü hoşuna gitti, çok aceleci davrandığı için pişmanlık hissetti yalnızca.

Meditasyon sona erdi, Sûfi hoca gitti, Mari de Kardeşlik Çemberi'nin bazı üyeleriyle konuşmayı sürdürmek üzere yemekhanede kaldı, ama Veronika, yorgun olduğunu söyleyerek hemen oradan ayrıldı; ne de olsa, o sabah verdikleri yatıştırıcı, bir katırı bayıltacak kadar güçlüydü, gene de bu kadar süre uyanık kalmayı becerebilmişti.

"Gençlik budur işte, kendi sınırlarını çizer, beden dayanabilecek mi hiç aldırmaz. Gerçi beden de dayanıklıdır o yaşlarda."

Mari yorgun değildi, o sabah geç saate kadar uyumuş, sonra da Lyubliyana'da yürüyüşe çıkmıştı. Dr. Igor, Kardeşlik Çemberi üyelerinin her gün hastane dışına çıkmalarını şart koşuyordu. Bir sinemaya gitmiş, evlilik çatışmaları üstüne kurulu son derece sıkıcı bir film seyrederken oturduğu yerde yeniden uyuyakalmıştı. Başka konu yok muydu yani? Hep aynı hikâyeleri tekrarlamanın ne anlamı vardı? Koca ile sevgilisi, koca ile karısı ve hasta çocukları, koca ile karısı, sevgilisi ve hasta çocuk. Dünyada konuşulacak çok daha önemli şeyler vardı mutlaka.

Yemekhanedeki konuşmalar uzun sürmedi; meditasyon seansı, üyeleri iyice rahatlatıp gevşetmişti, herkes koğuşuna geri dönmeye hazırdı – Mari'den başka. O bahçeye çıkmayı yeğledi. Bahçeye giderken salondan geçti ve genç kadının henüz yatağına ulaşamadığını gördü. Piyanonun başına oturmuş, şizofren Eduard için bir şeyler çalıyordu. Allah bilir delikanlı bunca zaman beklemişti onu. Deliler çocuklar gibidir, istedikleri yapılmadıkça yerlerinden kıpırdamazlar.

Hava buz gibi soğuktu. Mari içeri girip sırtına bir manto aldıktan sonra yeniden dışarı çıktı. Orada, herkesten uzakta bir sigara yaktı. Ağır ağır, hiçbir suçluluk duymadan sigarasını tüttürürken, genç kadını, işittiği piyano müziğini, Villete'in duvarları dışındaki, herkes için dayanılmaz ölçüde zorlaşan yaşamı düşündü.

Mari'ye sorarsanız bu zorluğun kaynağı karmaşa, kaos, anarşi falan değil, aşırıya kaçan düzenlilikti. Topluma durmadan yeni kurallar şırıngalanıyor, kurallara karşıt yasalar çıkarılıyor, yasalara karşıt yeni kurallar getiriliyordu. Herkesin yaşamını baskı altına alan görünmez düzenlemelerin bir adım bile dışına çıkmaya korkuyordu halk.

Mari bu konuda derin bilgi sahibiydi; hastalığı yüzünden Villete'e getirilmeden önce yaşamının kırk yılını avukat olarak çalışmakla geçirmişti. Adalete olan masum güvenini kariyerinin ta başında yitirmişti; yasaların sorunları çözmek için değil, çelişkileri mümkün olduğunca uzatmak için yapıldığını çabuk kavramıştı.

Ne acıdır ki Allah, Yehova, Tanrı –ona ne ad verdiğiniz önemli değil– günümüzde yaşamıyordu, çünkü yaşıyor olsaydı bizler hâlâ cennette olurduk; o ise, ön kararlar, son kararlar, yargıtay, danıştay, içtihat, müdafaa, temyiz, tashih karar derken, gırtlağına kadar hukukla boğuşuyor olurdu Âdem ile Havva'yı Cennet'ten kovuşunu haklı göstermek için. Ne de olsa yasalarda yazılı olmayan keyfi bir kuralı çiğnemişlerdi onlar: İyi ile Kötü'yü ayırt eden Bilgi Ağacı'nın meyvesini yemeyeceksin.

Peki bu meyvenin tadılmasını istemiyordu da neden söz konusu ağacı Cennet'in duvarları dışında bırakacağına tam ortasına dikmişti? Mari, bir avukat olarak o çifti savunacak olsa hiç kuşkusuz Tanrı'yı idari ihmalle suçlardı; çünkü ağacı yanlış yere diktiği yetmiyormuş gibi, çevresine uyarı levhaları ve bariyerler koymamış, en ilkel güvenlik önlemleri bile almamış, böylece herkesi tehlikeyle karşı karşıya bırakmıştı.

Mari, Tanrı'yı suça kışkırtmakla da suçlayabilirdi, çünkü ağacın nerede olduğunu Âdem ile Havva'ya göstermişti. Bu konuda bir şey söylememiş olsaydı, bu dünyada insanlar kuşaklar boyu mutluluk içinde yaşayacaklar, yasak meyveye el uzatmak kimsenin aklına gelmeyecekti, benzer ağaçlarla dolu bir ormanda bulunduğunda kimse onun özel değerini bilmeyecekti.

Oysa Tanrı çok farklı bir yol izlemiş, keyfi bir kural koymuş, sonra insanoğlunu bu kuralı çiğnemeye ikna edecek bir yol bulmuştu, sırf Ceza kavramını icat edebilmek için. Âdem ile Havva'nın kusursuz bir yaşamdan sıkılacaklarını çok iyi biliyordu, er geç onun sabrını denemeye kalkacaklardı. Resmen tuzak kurmuştu, belki kendisi de, yani Her Şeye Kadir Tanrı, her şeyin kusursuzca sürüp gitmesinden sıkılmıştı. Eğer Havva yasak meyveyi tatmasaydı, son birkaç milyar yıl boyunca ilginç hiçbir olay meydana gelmeyecekti.

Yasaya karşı geldiklerinde Tanrı –Her Şeye Kadir Yargıç– sanki saklanabilecekleri her yeri bilmiyormuş gibi, onları aramak gibi bir numara da yapıyor. Bu oyunu pek eğlenceli bulan melekler (İblis, Tanrı katını terk ettiğinden beri yaşamları bayağı çekilmezleşmiş olmalı) seyrededursunlar, Tanrı bahçede dolaşmaya başlıyor. İncil'in bu bölümünün gerilim filmi olarak çok başarılı olacağını düşünmüştü hep: Tanrı'nın ayak sesleri, korkulu bakışlarla birbirine bakan çift, tam saklandıkları yerin önünde duraklayan ayak sesleri.

"*Neredesin?*" diye soruyor Tanrı.

Âdem yanıt veriyor: "*Bahçede ayak seslerini işittim, korktum, çünkü çıplaktım, onun için saklandım.*" Bu sözleri söylediği anda suç işlediğini itiraf ettiğinin farkında bile değil.

Böylece, son derece basit bir numarayla, yani, Âdem'in nerede olduğunu, neden saklandığını bilmezlikten gelerek, Tanrı istediğini elde etmiş oluyor. Gene de olayı dikkatle izleyen meleklerin içinde herhangi bir kuşku kalmasın diye, daha da ileri gidiyor:

"*Çıplak olduğunu kim söyledi sana?*"

Bu sorunun bir tek yanıtı olduğunu elbette çok iyi biliyor Tanrı: "*İyi ile Kötü'yü ayırt eden ağacın meyvesinden yedim.*"

Bu soru sayesinde Tanrı meleklerine kendisinin adil bir Tanrı olduğunu ve bu çifti sağlam kanıtlara dayanarak lanetlediğini göstermiş oluyor. Konu kapanmıştır. Ondan sonra artık, suç kadının mıydı, af dileseler bir işe yarar mıydı, falan önemsiz. O günden sonra dünyada ya da Cennet'te kimse sözünden çıkmasın diye Tanrı bu iki kişiyi harcamak durumundaydı ve harcadı.

Onları Cennet'ten kovdu, suçlarının bedelini çocukları da ödedi (günümüzde de çocuklar ana-babalarının suçlarını bedelini ödemeye devam ediyorlar) ve böylece hukuk sistemi kurulmuş oldu: yasalar var, bu yasalar (ne kadar mantıksız ya da saçma olurlarsa olsunlar) uyulmaz ise yargılama var (deneyimli olan kazanır, şaşkın olan kaybeder), en sonunda da ceza.

Sonuçta, insanoğlu bütünüyle, hem de temyiz hakkına sahip olmaksızın mahkûm olduğuna göre, insanlar da kendilerine göre bir savunma mekanizması yaratmışlar, Tanrı ileride keyfine göre başka güç gösterilerine kalkışırsa kaygısıyla. Ancak bin yıllar, o kadar çok, o kadar karmaşık yasalar yaratmış ki, insanoğlu biraz fazla ileri gittiğinin farkına varmadan, adalet mekanizması, içinden çıkılmaz bir yumak, birbirinin karşıtı metinlerden oluşan, kimsenin çözemediği bir düğüm olup çıkmış.

Öyle ki, Tanrı insafa gelip dünyayı kurtarması için oğlunu gönderdiğinde ne olmuş? Kendi icat ettiği adaletin pençelerinden kendisi bile kurtulamamış.

Yasalar düğümü öyle bir karmaşa yaratmış ki, Kutsal Oğul çarmıha gerilip kurda kuşa yem olmuş. Öyle kolay ve basit bir duruşma da yapılamamış, oradan oraya sürüklenmiş, Ananias'tan Caipas'a, rahiplerden Pilatus'a... Pontius Pilatus, Roma hukukundaki yasaların yetersiz olduğunu açıklayınca, sıra Herodes'e gelmiş, o da Yahudi yasalarının ölüm cezasını öngörmediğini ileri sürerek topu yeniden Pilatus'a atmış. O da paçasını kurtarmak için halka bir ara-yaptırım önerisi sunmuş: oğulu iyice sopalattıktan sonra, yaralı yaralı halka sergilemiş. Ama bu da bir işe yaramamış.

Günümüz savcılarının pek çoğu gibi, Pilatus da mahkûmun bedelinden kurtulmak isteyerek, İsa'yı Barrabas ile değiş tokuş etmeyi önermiş, artık adaletin kesin sonuç belirleyen bir gösteriye dönüştüğünün farkındaymış elbet. Kesin sonuç: mahkûmun ölümü.

Sonuçta, Pilatus yasalarda yeri olan başka bir şeye başvurmuş: yargılananın değil de yargıcının kuşku unsurunu kullanma hakkı. Ellerini yıkamış, bu da demek oluyor ki, "Ben hangi tarafın haklı olduğundan emin değilim." Roma hukukunu koruyarak yerel yargıçlarla arayı bozmamak, hatta kararın sorumluluğunu halka yüklemek amacıyla yapılmış bir numara bu da, bakarsın verilen karar birtakım sorunlar yaratır da, imparatorluğun başkentinden oralarda neler olup bittiğini araştırmak için bir müfettiş falan gönderirler, diye.

Adalet. Hukuk. Her ikisi de masumları korumak açısından çok gerekli olmakla birlikte, her zaman herkesi hoşnut edecek biçimde işlemezler. Mari, bütün o kargaşadan uzak olduğu için mutluydu, ama o gece, piyanoyu dinlerken, Villete'in kendisi için en iyi yer olduğundan pek emin değildi.

"Burayı kesin olarak terk etmeye karar versem bile hukuk mesleğine geri dönecek değilim. Kendilerini normal ve önemli sayan, aslında hayattaki tek işlevleri herkesin işini zorlaştırmak olan delilerle vakit harcamayacağım artık. Şehir tiyatrosunun kapısında meyve satarım daha iyi. Hukukun yararsız çılgınlığına yeterince katkıda bulundum."

Villete'te sigara içmenize izin vardı, ama bitirdiğinizde çimlerin üstünde söndürmeye izin yoktu. Büyük bir keyifle yasak olanı yaptı, çünkü orada bulunmanın en büyük avantajı kurallara uymamak rahatlığı, uymadığınız belirlense bile çok büyük cezalara çarptırılmayacağınız bilinciydi.

Çıkış kapısına doğru gitti. Nöbetçi –yasalara göre kapıda her zaman bir nöbetçi bulunması gerekiyordu– onu selamlayarak kapıyı açtı.

"Yoo, çıkmayacağım," dedi kadın.

Nöbetçi, "Ne güzel piyano çalıyorlar," dedi. "Hemen her gece dinliyorum."

"Fazla uzun sürmeyecek," dedi kadın ve açıklamalarda bulunmaktan kaçınmak için hızla uzaklaştı.

Genç kız yemekhaneye geldiği anda onun gözlerinde ne okuduğunu hatırladı: korku.

Korku. Veronika, güvensizlik, çekingenlik, utanç, gerginlik hissedebilirdi, ama neden korku? Bu yalnızca gerçek bir tehdit –yırtıcı hayvanlar, silahlı saldırganlar, deprem gibi şeyler– karşısında geçerli olabilecek bir duyguydu, yemekhanede toplanmış bir grup insan karşısında değil.

"Ama insanlar böyle işte," dedi. "Hemen hemen tüm duygularımızın yerini korku aldı."

Mari ne dediğini çok iyi biliyordu, onu Villete'e getiren şey buydu: panik atakları.

Mari'nin odasında bu konu üstünde gerçek bir kütüphane bulunduğu söylenebilirdi. Artık insanlar bunu açık açık konuşuyorlardı, hatta Alman televizyonunda insanların başlarından geçenleri anlattıkları bir program bile izlemişti. O programda açıklanan bir araştırma, nüfusun önemli bir kesiminin panik atağı geçirdiğini, ama çoğunun deli sanılmak korkusuyla bunu gizlediğini ortaya çıkarmıştı.

Ama Mari ilk atağını geçirdiğinde bütün bunlar bilinmiyordu. 'Tam bir cehennemdi,' diye düşündü bir sigara daha yakarak.

Piyanonun sesi sürüyordu, kızın bütün gece çalacak enerjisi vardı anlaşılan.

Genç kadının hastaneye gelmesi, orada kalan pek çok hastayı, bu arada Mari'yi de etkilemişti. Başlangıçta ondan uzak durmaya çalışmıştı, kızın içinde yaşam isteği uyandırmaya çekinmişti, kurtuluşu olmadığına göre, ölme isteği sürse daha iyiydi. Dr. Igor'un dediğine göre, kıza her gün iğne yapılacakmış, ama gene de fiziksel sağlığı gözle görünür biçimde bozulmaya devam edecekmiş, onu kurtarmanın yolu yokmuş.

Hastaların hepsine ulaştırılan bu mesaj iyi anlaşılmış, dolayısıyla herkes ölüme mahkûm olan bu kızdan uzak durmaya dikkat etmişti. Oysa, nasıl olduğunu kimse anlayamamıştı ama Veronika yaşam savaşı vermeye başlamıştı. Ona yaklaşan yalnızca iki kişi vardı, bunlardan biri Zedka'ydı, ki zaten fazla konuşmazdı, üstelik bir gün sonra hastaneden ayrılacaktı, öteki ise Eduard.

Mari, Eduard'ı bir kenara çekip kulağını bükmek istiyordu; çocuk onun düşüncelerine hep saygı duymuştu. Veronika'yı dünyaya geri çağırdığının, bunun da ölmek üzere olan birine yapılacak en büyük kötülük olduğunun bilincinde değildi besbelli.

Bunu ona anlatmanın bin bir yolunu düşündü, ama hepsi de çocuğun kendi kendini suçlu hissetmesine yol açacaktı; Mari bunu hiçbir zaman yapmazdı. Biraz daha düşündükten sonra, işi oluruna bırakmaya karar verdi. Artık avukat değildi; anarşinin hüküm sürmesi gereken bir yerde yeni davranış yasaları yaratarak kötü örnek olmak istemiyordu.

Gene de, genç kızın varlığı oradaki pek çok kişiye dokunmuştu, kimileri yaşamlarını yeniden gözden geçirmeye bile hazır gibiydiler. Kardeşlik Çemberi'nin toplantılarından birinde, biri durumunu açıklamaya çalışmıştı. Villete'te ölümler ya birdenbire meydana gelir, dolayısıyla kimse bunlar üstünde durmaya vakit bulamazdı ya da uzun bir hastalık sonucunda, ölümün bir kurtuluş sayıldığı koşullar oluştuğunda.

Genç kadının durumu farklı ve dramatikti, çünkü hem çok gençti, hem yaşama dönme isteği uyanmıştı içinde, hem de yaşamasının olanaksız olduğu herkesçe biliniyordu. Kimi kişiler, "Ya aynı şey benim de başıma gelseydi?" diye sormaktaydılar kendilerine. "Şu anda yaşama fırsatım var, bunu değerlendirebiliyor muyum?"

Kimileri bu sorunun yanıtını merak etmiyordu, doğru; onlar çoktan vazgeçmişler, yaşamın da ölümün de, uzamın da zamanın da anlam taşımadığı bir yere kapatmışlardı kendilerini. Ancak başkaları da vardı ve Mari onlardan biriydi, konuyu ciddiyetle düşünmeye zorlanıyorlardı.

Veronika bir an piyano çalmayı bırakarak bahçede dolaşan Mari'ye baktı. Havanın soğukluğuna karşın üstünde ince bir ceket vardı. Ölmek mi istiyordu ne?

"Hayır, ölmek isteyen bendim."

Yeniden piyanoya döndü. Yaşamının son günlerinde sonunda en büyük hayalini gerçekleştirmişti: canı ne zaman isterse ve istediği süre boyunca, her şeyini vererek, tüm yüreğiyle, tüm ruhuyla piyano çalmak. Tek dinleyicisinin genç bir şizofren olması önemli değildi; delikanlı müziği anlıyor gibiydi, önemli olan da buydu.

Mari hiçbir zaman kendini öldürmeyi düşünmemişti. Tam tersine, beş yıl önce, bugün gittiği sinemada El Salvador'la ilgili, oradaki yoksulluğu anlatan bir filmi dehşetle izlemiş, kendi yaşamının ne kadar önemli olduğunu düşünmüştü. O sırada –çocukları yetişmiş, kendi mesleklerinde ilerliyorlardı– sıkıcı, bitmek bilmeyen avukatlık mesleğini bırakıp, yaşamının geri kalanını insanlara yardım eden bir örgüte adamaya karar vermişti. İç savaş söylentileri dolaşıyordu ortalıkta, ama Mari bunlara inanmıyordu. Yirminci yüzyılın sonunda Avrupa Topluluğu'nun, kapılarının hemen dışında yeni bir savaşa izin vermesi imkânsız görünüyordu.

Öte yandan, dünyanın öteki ucunda trajediden geçilmiyordu, bunlardan biri de El Salvador'dakiydi; sokaklarda aç çocuklar yaşıyor, fahişelik yapmak zorunda kalıyorlardı.

"Korkunç bir şey," dedi yanında oturan kocasına.

Adam kafasını salladı.

Mari uzun süredir kararını ertelemekteydi, ama belki de kocasıyla konuşma ânı gelmişti şimdi. Yaşamın sağlayacağı bütün iyi şeylere sahiptiler. Yuva, iş, iyi yetişmiş çocuklar, yeterince refah, ilgi alanları, kültür. Artık başkaları için de bir şeyler yapmanın vakti değil miydi? Mari'nin Kızılhaç'ta tanıdıkları vardı, dünyanın pek çok yerinde gönüllülere çok fazla gereksinimleri olduğunu biliyordu.

Bürokrasiyle, davalarla uğraşmaktan bıkıp usanmıştı, üstelik yaşamlarının büyük bir kısmını kendi yaratmadıkları sorunlarla boğuşmakla geçirmek zorunda kalan insanlara gerçek bir yardımı da dokunmuyordu. Kızılhaç ile çalışacak olsa, yaptıklarının sonuçlarını hemen görebilecekti.

Sinemadan çıktıklarında kocasını bir kahve içmeye davet etmeye, konuyu tartışmaya açmaya karar verdi.

Tam o sırada, resmi bir Salvador görevlisi perdede belirerek, kimbilir kaçıncı haksızlığı haklı gösterecek sıkıcı bir konuşma tutturmuştu ki, Mari birden kalbinin çok hızlı atmaya başladığını fark etti.

"Önemli bir şey değil," dedi kendi kendine. Sinemanın havasız olmasındandı herhalde, birazdan geçmezse antreye çıkıp temiz hava alabilirdi.

Ama olay kendi hızıyla gelişti: kalbi daha hızlı, daha da hızlı çarpmaya koyuldu, her yanını soğuk terler bastı.

Birden korktu, dikkatini film üzerinde yoğunlaştırıp kafasından her türlü olumsuz düşünceyi uzaklaştırmaya çalıştı, ama perdede olup bitenleri izleyemediğini kavradı. İmajları, altyazıları görebiliyordu, ama sanki tümüyle farklı bir gerçekliğin içine girmişti, çevresindeki her şey tuhaf ve dengesiz, çığrından çıkmış gibiydi, hiç tanımadığı bir dünyanın ortasındaydı sanki.

Kocasına, "Fena oluyorum," dedi.

Bu sözleri söylemeyi elinden geldiğince ertelemişti, çünkü bir şeylerin iyi gitmediğini kabullenmek istemiyordu. Ama artık dayanamamıştı.

"Çıkalım," dedi adam.

Karısına yardımcı olmak için elini tuttuğunda, buz gibi olduğunu fark etti.

"Dışarı kadar yürüyecek halim yok. N'olur söyle, neler oluyor?"

Kocası da korkmuştu. Mari'nin yüzü boncuk boncuk terlemiş, gözlerinde tuhaf bir ışık belirmişti.

"Sakin ol, çıkıp bir doktor bulayım."

Kadın çaresizlik içindeydi. Kocası son derece akla yakın bir şey söylemişti, ama her şey –sinema, yarı karanlık, yan yana oturup gözlerini parlak perdeye dikmiş olan insanlar– hepsi, hepsi müthiş bir tehdit oluşturuyor gibiydiler. Yaşadığından kesinlikle emindi, hatta çevresindeki yaşama sanki katı bir şeye dokunurcasına dokunabiliyordu. Ömründe başına böyle bir şey gelmemişti.

"Beni burada yalnız bırakma, kesinlikle. Kalkıp seninle çıkarım, ama yavaş, çok yavaş."

İkisi de, sırada oturanlardan ayrı ayrı özürler dileyerek koridora çıktılar, salonun arkasında olan çıkış kapısına doğru yürümeye başladılar. Mari'nin kalbi artık deliler gibi atmaktaydı ve sinemadan sağ çıkamayacağına emindi. Yaptığı her şeyin, en ufak bir hareketin bile –bir ayağını ötekinin önüne atmak, 'özür dilerim' demek, kocasının koluna asılmak, soluk alıp vermek gibi– sanki bilerek, sanki önceden karar vererek yapıyormuş gibi korkunç bir duygu içindeydi.

Ömründe hiç bu kadar korkmamıştı.

"Burada, bu sinemada öleceğim."

Başına gelenin ne olduğunu bildiğini sanıyordu; yıllar önce bir arkadaşı, aynı şekilde, sinemada ölmüştü; beyin anevrizmasından.[1]

Beyin anevrizmaları saatli bomba gibiydiler. Atardamarların çeperlerinde minik varislerdi bunlar –eskimiş araba lastiklerinde oluşan baloncuklar gibi– ve hayat boyu oldukları yerde durabilirlerdi. Bir insanda anevrizma var mı yok mu, ancak rastlantı sonucu –örneği başka bir nedenle yapılan beyin taraması dolayısıyla– ya da baloncuk patladığı anda anlaşılabilirdi. Bu patlamanın yol açtığı kanama ani bir komaya, kısa süre sonra da ölüme neden olurdu.

---

[1] *Anevrizma*: Damar genişlemesi (Yay.)

Karanlık sinema salonunun çıkışına doğru yürürken yitirdiği arkadaşını düşündü Mari. Üstelik bu anevrizma onun algılamalarını da tuhaf biçimde etkilemekteydi. Sanki başka bir gezegende bulunuyormuş, her gün gördüğü birtakım şeyleri sanki ilk kez görüyormuş gibiydi.

Hepsinden kötüsü de, hiçbir nedeni, açıklaması olmayan aşırı korku duygusuydu, o gezegende yapayalnız olma bilincinin getirdiği panik. Ölüm.

"Düşünmemeliyim, hiçbir şey düşünmemeliyim, her şeyin normal olduğuna inanırsam her şey düzelecek."

Birkaç saniye doğal davranmaya çalıştı, tuhaf duyguları azalır gibi oldu. Çarpıntıyı ilk hissetmesiyle, kocasının kolunda çıkış kapısına varması arasında geçen iki dakika, hayatının en dehşet verici dakikalarıydı.

Ancak, aydınlık fuayeye çıktıklarında her şey yeniden başlayıverdi. Renkler öylesine çığırtkan, sokaktan gelen, her yanından birden saldırıya geçen sesler öylesine cırtlaktı ki... Her şey tümüyle gerçekdışı bir havadaydı. Bazı ayrıntıları hayatında ilk kez fark ediyordu; örneğin, bir yere baktığımızda yalnızca gözümüzü diktiğimiz küçük bir alanın açık seçik, geri kalan her şeyin bulanık görünmesi gibi.

Başka şeyler de vardı. Çevresinde gördüğü her şeyin, beynindeki elektrik itkilerinin yarattığı, göz adı verilen jelatinimsi bir organdan geçen ışık demetleri sayesinde ortaya çıkan bir sahne olduğunu da biliyordu.

Düşünmekten vazgeçmeliydi. Yoksa delirecekti.

Bu arada anevrizma korkusu geçmişti; sinemadan çıkmayı başarmıştı ve hâlâ hayattaydı. Oysa yıllar önce ölen arkadaşının koltuğundan kalkacak vakti bile olmamıştı.

Karısının kül rengi yüzünü, bembeyaz dudaklarını gören adam, "Hemen cankurtaran çağırıyorum," dedi.

"Taksi çağır," dedi kadın. Ağzından çıkan sesleri duyuyor, ses tellerinin her bir titreşimini fark ediyordu.

Hastaneye gitmek demek, hasta olduğunu kabullenmek demekti, Mari ise her şeyi normale döndürmek için elinden geleni yapmaya kararlıydı.

Fuayeyi geçip dışarı çıktılar, buz gibi havanın olumlu etkisi oldu galiba; Mari kendini biraz olsun kontrol edebildiğini hissetti, gene de açıklayamadığı dehşet ve panik duyguları sürüyordu. Kocası çaresizlik içinde taksi arıyordu, o saatte kolay bir şey değildi taksi bulmak. Mari kaldırımın kıyısına oturdu, çevresine bakmamaya çalıştı: oynayan çocuklar, geçen otobüsler, yakındaki bir lunaparktan gelen müzik sesi, hepsi gerçeküstü, yabancı, korkutucuydu.

Sonunda bir taksi göründü.

"Hastaneye," dedi kocası, onun binmesine yardım ederken.

"Eve gidelim, n'olur," dedi kadın. Farklı bir yere gitmek istemiyordu, alıştığı, iyi tanıdığını, bildik bir ortama gereksinmesi vardı, içindeki dayanılmaz korkuyu azaltmak için.

Taksi eve yaklaşırken, kalbinin çarpıntısı azaldı, ateşi normale dönmeye başladı.

"Çok daha iyiyim şimdi," dedi kocasına. "Yediğim bir şey dokunmuş olmalı."

Eve vardıklarında dünya ve içindeki her şey aynı eskisi gibi, ta çocukluğundan beri olduğu gibiydi yeniden. Kocasının telefona yöneldiğini görünce ne yaptığını sordu.

"Doktor çağıracağım."

"Hiç gereği yok. Baksana, iyileştim."

Yanakları renklenmiş, kalbi normal atmaya başlamıştı ve o akla uzak korku da yok olmuştu.

O gece çok derin bir uyku çekti Mari; sabah kalktığında, sinemadan önce içtiği kahvenin içine birinin bir şeyler kattığından emindi. Çok tehlikeli bir şaka yapılmıştı. Öğleden sonra savcılığa telefon etmeye, sonra da söz konusu bara gidip sorumlu kişiyi bulmaya kararlıydı.

İşine gitti, birtakım dava dosyalarını inceledi, kendini sürekli meşgul tutmaya çalıştı; bir gün önce başından geçenler ne de olsa bir korku kırıntısı bırakmıştı içinde; böyle bir şeyin bir daha hiç olmayacağını kendi kendine kanıtlaması gerekiyordu.

El Salvador hakkındaki filmi meslektaşlarından biriyle tartıştı, laf arasında her gün hep aynı şeyleri yapmaktan bıktığını söyledi.

"Belki de emekli olma vaktim geldi."

Meslektaşı, "En iyi avukatlarımızdan birisin," dedi. "Üstelik, yaşlanmanın avantaj sayıldığı ender mesleklerden biridir hukuk. Şöyle uzunca bir tatil yapsan? Enerji toplamış olarak dönersin."

"Yaşamımı bütünüyle değiştirmek istiyorum. Bir serüven yaşamak, başkalarına yardımcı olmak, daha önce hiç yapmadığım şeyler yapmak istiyorum."

Konuşma burada sona erdi. Mari, kent meydanına indi, her zaman gittiği lokantadan daha pahalı bir restoranda öğle yemeğini yedi, büroya erken döndü. İçine kapanma süreci işte o anda başladı.

Öteki çalışanlar henüz dönmemişlerdi. Mari, masasının üstünde bekleyen dosyaları gözden geçirmek üzere oturdu. Çekmecesini açıp her zaman aynı yerde bulundurduğu kurşunkaleme uzandı, bulamadı. Bir an, kalemi gereken yere koymamış olmanın gene tuhaf davranmakta olduğunun bir göstergesi olduğunu düşündü.

Kalp çarpıntısının başlaması için bu düşünce yeterliydi, bir gece öncesinin dehşet duyguları olduğu gibi geri geldi.

Mari donmuşçasına yerinden kıpırdayamıyordu. Kepenk aralıklarından içeri dolan güneş, çevresindeki her şeyi parlatıyor, saldırganlaştırıyordu; gene aynı duygu, ölmek üzere olduğu duygusu kapladı içini. Her şey ne kadar tuhaf, yabancıydı; bu büroda ne işi vardı?

"Sana inanmıyorum, ama Tanrım, n'olur bana yardım et."

Gene soğuk terler dökmeye başladı ve korkusunun kontrolünden çıktığını hissetti. O sırada biri içeri girecek olsa, gözlerindeki dehşeti görecek, her şey mahvolacaktı.

"Soğuk hava."

Bir gece önce soğuk hava iyi gelmişti, ama şu anda sokağa kadar nasıl gidecekti? Her hareketinin her ayrıntısını bilinçli olarak izliyordu bir kez daha –soluk alıp verişini (soluk alıp vermek için özel bir çaba göstermezse bedeninin bunu kendi başına yapmayacağından korkuyordu), başını bir yandan öte yana çevirişini– imajlar bir televizyon kamerasının hırıltısı eşliğinde birbirlerini izliyor gibiydiler –kalbinin gittikçe hızlanan atışı, tüm gövdesini yapışkan, soğuk bir terin kaplayışı–...

Sonra dehşet, en küçük bir kıpırtıyı, bir tek adım atmasını, sandalyesinden kalkmasını engelleyen o anlamsız, açıklanamaz korku.

"Geçecek."

Geçen kez geçmişti, evet, ama şu anda işyerindeydi, ne yapabilirdi? Duvardaki saatte baktı, son derece saçma bir mekanizma olduğunu kavradı birden: aynı eksen üzerinde dönüp dönen iki iğnemsi şey, kimsenin doğru dürüst açıklayamadığı bir biçimde zamanın ilerleyişini ölçüyorlar. Neden on iki sayı var, neden bütün öteki ölçüler gibi on değil?

"Böyle şeyler düşünmemeliyim. Aklımı kaçıracağım."

Aklını kaçırmak. Bu başına gelenleri tanımlamak için en doğru sözcükler bunlardı belki de. Tüm iradesini toparlayarak ayağa kalktı, tuvaletlere doğru yürüdü. Neyse ki büroda hâlâ kimse yoktu, tuvalete kadar saatlerce sürdüğünü sandığı yolculuğa tanık olan yoktu. Yüzüne su çarptı, o tuhaf duygu azaldı, ama korku yerli yerinde duruyordu.

"Geçecek," dedi kendi kendine. "Dün geçti ya."

Bir gün önce krizin yarım saat kadar sürdüğünü hatırladı. Tuvalet kabinlerinden birine girdi, kapıyı kilitledi, oturdu, başını dizlerinin arasına yerleştirdi. Ama o pozisyonda kalp çarpıntısının arttığını, en azından vuruşların sesinin kulağına daha yakından geldiğini fark ederek tekrar doğrulup dik oturdu.

"Geçecek."

Orada öylece oturup kaldı, kim olduğunu, neyin ne olduğunu artık ayırt edemediğini, kendini tümüyle yitirdiğini düşünüyordu. Tuvalete gelen insanların seslerini, açılıp kapanan muslukları, gündelik konularda yapılan saçma sapan konuşmaları işitiyordu. İçinde bulunduğu kabinin kapısını zorladı birkaç kişi, ama Mari ağzının içinde bir şeyler mırıldandı, kimse de ısrarcı olmadı. Sifonlar çekildiğinde algıladığı ses, korkunç bir doğal afetin, tüm binayı ve içindekileri cehenneme kadar sürükleyecek bir tufanın gümbürtüsünü andırıyordu.

Neyse ki, tahmin ettiği gibi, korku geçti, kalp atışları normale döndü. Sekreterinin yokluğunu fark etmeyecek kadar salak olduğuna şükretti, yoksa büroda çalışanların yarısı kapısına dayanıp iyi olup olmadığını sorarlardı.

Kontrolünü iyice kazandığından emin olduktan sonra kabinin kapısını açtı, yüzüne yeniden uzun uzun su çarptı, bürosuna geri döndü.

Stajyerlerden biri, "Yüzünüzde hiç makyaj kalmamış," dedi. "Bende var, vereyim mi?"

Mari, yanıt vermeye gerek görmedi, kendi küçük odasına girdi, çantasını, özel birtakım eşyalarını aldı, sekreterine eve gideceğini söyledi.

"Ama bir sürü randevunuz var," diye itiraz etti kız.

"Senin işin emir vermek değil, emir almak. Dediklerimi iyice dinle ve yap. Randevuları iptal et."

Sekreter kız, üç yıldır birlikte çalıştığı ve kendisine hiçbir zaman kaba davranmamış olan bu kadına şaşkınlıkla baktı. Çok kötü bir durum söz konusuydu anlaşılan ya da biri ona kocasının şu anda sevgilisiyle birlikte olduğunu haber vermişti de kadın onları suçüstü yakalamak üzere acele ediyordu.

'O iyi bir avukat, ne yaptığını biliyordur mutlaka,' dedi kız içinden. Ertesi gün geldiğinde özür bile dileyecekti kuşkusuz.

Ertesi gün diye bir şey olmadı. O gece Mari, kocasıyla uzun uzun konuştu, başından geçen tüm belirtileri bir bir anlattı. Birlikte düşündüler, şu sonuca vardılar: Çarpıntıların, soğuk ter dökmelerin, gerçekdışına kayma duygularının, çaresizlik ve kontrol kaybının bir sözcükle özetlenebileceği sonucuna vardılar: korku. Karı-koca baş başa verip bunun nedenini bulmaya çalıştılar. Adam, beyin tümöründen kuşkulandı, ama bir şey demedi. Kadın, kötü bir olayın önsezgisi olabileceğini düşünüyordu, ama o da bir şey demedi. Ortak bir alan bulmaya çalıştılar, olgun, mantıklı, aklı başında insanlar gibi.

"Birtakım testler yaptırsak iyi olur belki."

Mari bir şartla kabul etti bunu, hiç kimseye, çocuklara bile haber verilmeyecekti.

Ertesi gün bir aylık ücretsiz izin aldı. Kocası onu Avusturya'ya götürmek istedi. Orada görünebileceği birçok ünlü beyin uzmanı vardı. Ancak Mari evden çıkmayı reddediyordu, krizler sıklaşmış, daha uzun sürmeye başlamıştı.

Mari bir dolu yatıştırıcı aldıktan sonra ikisi birlikte Lyubliyana'daki hastaneye kadar gitmeyi başardılar. Sayısız testlerden sonra kadının herhangi bir bozukluğu olmadığı ortaya çıktı – anevrizma bile bulunamadı, bu da Mari'ye hayat boyunca bir teselli kaynağı oldu.

Öte yandan panik atakları devam ediyordu. Alışverişi, yemekleri kocası yapıyor, Mari ise akla uzak bir titizlikle her gün evi tepeden tırnağa temizliyordu, sırf kafasını her türlü düşünceden arındırmak için. Derken, bulabildiği bütün psikiyatri kitaplarını okumaya koyuldu, ama hiçbirinin sonunu getiremiyordu, çünkü tanımlanan tüm hastalıklarda kendi rahatsızlığının belirtilerini görüyordu.

Hepsinden kötüsü, iyice sıklaşan ataklara artık alışmış olması gerekirken, her seferinde aynı yoğun korkuyu, gerçeklikten uzaklaşma duygusunu, aynı özdenetim kaybını yaşıyor olmasıydı. Ayrıca kocasına karşı da suçlu hissediyordu kendisini: adamcağız her gün işe gidip gelmenin yanı sıra tüm ev işlerini de –temizlik hariç– yüklenmişti.

Zaman geçiyor, ama durumda bir değişme olmuyor, çözüm yolu gözükmüyordu; bu da Mari'yi fazlasıyla sinirlendiriyordu. Artık en ufak şeyler yüzünden öfkeleniyor, avaz kıyamet bağırıyor, sonra da isterik bir ağlama tutturuyordu.

Otuz günlük izni sona erince, bürodaki meslektaşlarından biri onu görmeye geldi. Daha önce, hemen her gün telefon etmişti, ama Mari ya telefonu açmamış ya da kocasına meşgul olduğunu bildirmesini söylemişti. Adam bu kez kapıya kadar gelmiş, Mari açıncaya kadar zile basıp durmuştu.

O sabahı sakin geçirmişti Mari. Çay yaptı, büroda olup bitenler hakkında konuştular, adam ne zaman işe döneceğini sordu.

"Hiçbir zaman."

Bir ay önce El Salvador hakkında yaptıkları konuşmayı hatırladı adam.

"Her zaman çok çalıştın, ne yapacağına karar vermek en doğal hakkındır," dedi, sesinde herhangi bir sitem olmaksızın. "Bana sorarsan bu gibi durumlarda en iyi terapi çalışmaktır. Yolculuğa çık, dünyayı gör, nereye istersen oralara git, ama unutma, kapımız sana her zaman açıktır, ne zaman istersen dönebilirsin."

Bu sözleri duyan Mari, hıçkırıklara boğuldu. Bu günlerde sık sık ve büyük bir kolaylıkla gözyaşı döküyordu.

Meslektaşı onun sakinleşmesini bekledi. İyi bir avukat olduğundan, hiçbir şey sormadı; yanıtları sorgulamayla değil sessiz kalmakla alacağını biliyordu.

Öyle de oldu. Mari ona her şeyi anlattı, sinemada gelen ilk krizden başlayarak, kendisini onca destek olmuş kocasına nasıl saldırdığına kadar.

"Çıldırdım ben," dedi.

Adam, çok bilmiş bir havayla, ama gene de sesinde gerçek bir şefkatle, "Olabilir," dedi. "O zaman iki seçeneğin var: ya tedavi olacaksın ya da rahatsızlığın sürecek."

"Bu başıma gelenin tedavisi yok. Kafam hâlâ çok iyi çalışıyor, aklım başımda, bu durumun bu kadar uzun sürmesinden dolayı çok kaygılıyım. Deliliğin klasik belirtilerinden hiçbiri yok bende. Gerçeklikten kopmak, kontrolsüz saldırganlık, apati gibi sıkıntılarım yok. Yalnızca korku var."

"Bütün deliler aynı şeyi söylerler, normal olduklarını iddia ederler."

Bu lafa ikisi de güldüler, Mari birer çay daha koydu. Havadan sudan, Slovenya'nın bağımsızlığının başarısından, Hırvatistan ile Yugoslavya arasındaki artan gerginlikten söz ettiler. Mari bütün gün televizyon seyrettiğinden her konuda pek bilgiliydi.

Tam kapıdan çıkacakken konuya yeniden değindi arkadaşı:

"Kentimizde yeni bir hastane açıldı," dedi. "Arkasında yabancı sermaye varmış. Birinci sınıf tedavi koşulları."

"İyi, ama ne tedavisi?"

"Çeşitli dengesizlikler, diyebiliriz. Aşırı ve nedensiz korku kesinlikle bir dengesizlik sayılır."

Mari, konu üstünde düşünmeye söz verdi, ama gene de gerçek bir karara varmadı. Panik atakları bir ay daha sürdü, sonunda yalnızca kişisel yaşamının değil, evliliğinin de yıkılma noktasına geldiğini kavradı. Gene bir sürü yatıştırıcı hap aldıktan sonra, altmış günde ikinci kez evinden dışarı adım atmayı başardı.

Taksiyle yeni hastaneye doğru yol alırken, şoför birini ziyaret etmeye mi gittiğini sordu.

"Dediklerine göre çok rahat bir yermiş, ama iyice zırdelileri alıyorlarmış, tedavi için elektrik şoku kullanıyorlarmış."

"Birini ziyarete gidiyorum, evet," dedi Mari.

Mari'nin iki aydan beri çektiği acıların sona ermesi için bir saatlik bir görüşme yetti. Hastanenin yöneticisi –Dr. Igor adlı, uzun boylu, boyalı saçlı bir bey– psikiyatri dünyasında daha yeni yeni tanımlanmaya başlanmış olan bu rahatsızlığa 'panik bozukluk' diyordu.

"Hastalığın yeni olduğu anlamına gelmiyor bu," diye tane tane konuşarak açıklamasını sürdürdü. "İşin aslı, belirtileri gösteren insanlar bunu saklama eğilimindeler, deli damgası yememek için. Oysa kimyasal bir dengesizlikten başka bir şey değil, tıpkı depresyon gibi."

Dr. Igor, bir reçete yazdı, Mari'ye, evine dönmesini söyledi.

Oysa kadın, "Şimdi eve dönmek istemiyorum," dedi. "Bütün bu anlattıklarınızdan sonra bile yeniden sokağa çıkmaya cesaretim yok. Evliliğim bir cehenneme dönüşmüş durumda. Bunca ay bana baktıktan sonra biraz dinlenmek, toparlanmak için kocamın da zamana gereksinmesi var."

Bu gibi durumlarda hep olduğu gibi –çünkü hissedarlar hastanenin her zaman dolu olmasından yanaydılar– Dr. Igor onu yataklı hasta olarak kabul etti, ancak bunun gerekli olmadığını da büyük bir açıklıkla belirtti.

Mari gerekli ilaçlarla birlikte uygun bir psikiyatrik tedaviye de tabi tutuldu, belirtiler azaldı, azaldı, sonunda tümüyle yok oldu.

Ancak, bu arada hastaneye yattığı, küçük bir kent olan Lyubliyana'da duyulmuştu. Yıllanmış dostu, kendisiyle iyi ve kötü pek çok anıyı paylaşan meslektaşı, onu Villete'te ziyaret etti. Öğüdünü dinlemek cesaretini gösterdiği için onu kutladıktan sonra, ziyaretinin asıl nedenini açıkladı.

"Belki de emekliye ayrılma vaktin geldi gerçekten de."

Mari bu sözlerin gerisinde ne olduğunu çok iyi biliyordu: akıl hastanesinde yatmış bir avukata kimse davasını emanet edemezdi.

"Çalışmanın en iyi terapi olduğunu sen söylemiştin. İşe geri dönmem gerek, hiç değilse kısa bir süre için."

Bir karşılık beklediği için sustu, adam sesini çıkarmayınca devam etti:

"Tedavi ol diyen de sendin. O sırada emekliye ayrılmayı düşündüğümde, mesleğimin doruğunda, kendi kendime özgürce karar vermiş, daha iyi bir yol seçmiş olarak ayrılacaktım. Ama şimdi, yenilgiye uğramış biri olarak işi bırakmak istemiyorum. Hiç değilse bırak, kendime olan saygımı yeniden kazanayım, kısa sürede emekliliğimi isterim o zaman."

"Sana tedavi olmanı söyledim, evet. Ama hastaneye yat demedim. Bu çok farklı."

"Bu bir ölüm kalım sorunuydu. Sokağa çıkmaya korkuyordum. Evliliğim tehlikeye girmişti."

Boşa konuştuğunu biliyordu. Söyleyebileceği hiçbir şey adamın fikrini değiştirmeyecekti; ne de olsa avukatlık bürosunun prestiji söz konusuydu. Gene de bir kez daha denedi.

"Burada, içeride yani, iki tür insanla karşılaştım: hiçbir zaman toplum içine dönme şansı olmayanlar var, bir de tümden iyileşmiş, ama yaşamın sorumluluklarıyla didişmek istemedikleri için deli numarası yapanlar. Bense eski halime dönmek istiyorum, buna ihtiyacım var. Kendi kararlarımı kendim verme yetisine yeniden kavuştuğuma inanmam gerek. Başkalarının verdiği kararların uygulayıcısı durumuna düşmek istemiyorum."

"Hayatta pek çok hata yapmaya izin vardır," dedi meslektaşı, "hayatımızı mahvedecek hata hariç."

Konuşmayı sürdürmenin bir anlamı kalmamıştı; adamın düşüncesine göre Mari o ölümcül hatayı yapmış bulunuyordu.

İki gün sonra başka bir avukat ziyaret etti onu, ama başka bir bürodan: kendisinin eskiden çalıştığı büronun en önemli rakibinden. Mari sevindi, belki de artık serbest olduğunu işitmişler, ona yeni bir iş önermek için birini göndermişlerdi. Bu durumda toplum içindeki yerine kavuşabilecekti.

Avukat, oturma salonuna geldi, kadının karşısına oturdu, gülümsedi, sağlığını sordu, evrak çantasından birtakım kâğıtlar çıkardı.

"Eşinizi temsilen buradayım," dedi. "Bir boşanma başvurusu getirdim. Tabii ki burada kaldığınız sürece eşiniz tüm hastane masraflarınızı ödemeyi sürdürecek."

Bu kez Mari herhangi bir tartışmaya girişmedi bile. Önüne uzatılan bütün kâğıtları imzaladı; oysa bir hukukçu olarak bildiği ve yıllar yılı uyguladığı yasalara göre istese ömrü billah uzatabilirdi davayı. Sonra, doğruca Dr. Igor'a çıktı ve belirtilerinin yeniden başladığını bildirdi.

Dr. Igor onun yalan söylediğini biliyordu, gene de hastanede kalma süresini tarih belirlemeksizin uzatan raporu yazdı.

Veronika artık yatması gerektiğini biliyordu, ama Eduard hâlâ piyanonun başında dikilmiş duruyordu.

"Yorgunum, Eduard. Artık yatmam gerek."

Çalmaya devam etmek istemiyor değildi, tam tersine, uyuşturulmuş belleğinin derinliklerinden eskiden bildiği tüm sonatları, adagioları, requiemleri bulup çıkarmak isterdi, çünkü kendisinden hiçbir şey istemeksizin müzikten aldığı zevki belli etmesini biliyordu genç adam. Ancak, bedeni isyan etmişti artık.

Öylesine de yakışıklı bir gençti ki. Kendi dünyasının bir adım dışına çıkıp onu bir kadın olarak görebilseydi, Veronika'nın yeryüzünde geçireceği son geceler, yaşamının en güzel geceleri olabilirdi. Genç kadının bir sanatçı olduğunu anlayabilecek tek kişi Eduard'dı. Bir sonat ya da menüetin has duygusundan geçerek, ömründe başka hiçbir kişiyle kuramamış olduğu bir bağ kurmuştu bu adamla.

Eduard ideal bir erkekti, duyarlı, okumuş; kayıtsızca bir dünyayı silip atmış, kendi kafasında yarattığı yepyeni renkler, kişiler, yeni öyküler içeren bir başka dünyaya kapanmıştı. Bu yeni dünyaya şimdi bir kadın, bir piyano, bir de gittikçe büyüyen ay da girmişti.

"Şu anda sana âşık olabilirim, her şeyimi verebilirim," dedi adamın kendisini anlamadığını bilerek. "Sen yalnızca biraz müzik istiyorsun benden, ama şu âna dek sandığımdan çok daha fazla şeyler varmış içimde, daha yeni yeni anlayabildiğim pek çok başka şey de paylaşmak isterim seninle."

Eduard gülümsedi. Bir şey anlamış mıydı? Veronika korktu bir an – doğru davranışları açıklayan bütün el kitapları, böyle açık açık söz etmenin hiçbir zaman doğru olmadığını yazarlardı, hele de hemen hiç tanımadığı bir adama. Gene de devam etmeye karar verdi, çünkü kaybedecek hiçbir şeyi yoktu.

"Şu yeryüzünde âşık olabileceğim tek erkek sensin Eduard; nedeni de çok basit: öldüğümde beni özlemeyeceksin. Şizofrenlerin ne gibi duyguları vardır bilmiyorum, ama kimseyi özlemediklerinden eminim.

"Belki de başlangıçta gece müziklerini özlersin, ama ay bir kez daha yükselecektir, sana piyano çalmaya hevesli başka biri çıkar – hele de hepimizin 'deli' olduğu bu hastanede."

Deliler ile ay arasındaki ilişkinin ne olduğunu doğru dürüst bilmiyordu, ama deliler için bu ad kullanıldığına göre güçlü bir ilişki vardı mutlaka.

"Ben de seni özlemeyeceğim Eduard, çünkü ölmüş, buradan çok uzaklara gitmiş olacağım. Ve seni kaybetmekten korkmadığım için, benim hakkımda ne düşünüyorsun, ne düşünmüyorsun, umurumda değil. Bu gece senin için çalarken, kendimi âşık bir kadın gibi hissettim. Harikaydı. Hayatımın en güzel dakikalarıydı."

Hâlâ bahçede bulunan Mari'ye baktı. Kadının sözlerini hatırladı. Sonra yeniden önünde duran adama çevirdi gözlerini.

Veronika kazağını çıkardı, Eduard'da yaklaştı. Bir şeyler olacaksa şimdi olsundu. Mari dışarıda uzun süre soğuğa dayanabilirdi, daha içeri girmesine vakit vardı.

Eduard bir adım geriledi. Gözlerinde bir soru vardı: piyano çalmaya ne zaman başlayacaksın? Yapıtlarıyla kuşaklar boyu insanları etkilemiş olan o deli bestecilerin renkleri, sancıları, acıları ve mutluluklarıyla ruhumu dolduracak yeni bir parçayı ne zaman çalacaksın?

"Dışarıdaki kadın var ya, ne kadar ileri gidebileceğimi anlamak için mastürbasyon yapmamı söyledi bana. Daha önceleri hiç varamadığım bir yerlere gerçekten de ulaşabilir miyim acaba?"

Adamın elini tuttu, kanepeye doğru çekmeye çalıştı, ama Eduard nazikçe reddetti onu. Piyanonun yanında durduğu yerde kalmayı yeğliyor, kızın yeniden çalmaya başlamasını sabırla bekliyordu.

Veronika önce bozulur gibi oldu, ama kaybedecek bir şeyi olmadığını bir kez daha hatırladı. Ölüyordu işte, yaşamını her zaman sınırlamış olan korku ve önyargıları beslemeyi sürdürmenin ne anlamı vardı? Bluzunu, pantolonunu, sutyenini ve donunu çıkardı, adamın karşısına çırılçıplak dikildi.

Eduard güldü. Kız bunun nedenini bilemedi, yalnızca onun güldüğünü fark etti. Yumuşak bir hareketle onun elini tutup cinsel organına değdirdi; adamın eli orada öylece durakaldı. Veronika baktı olmuyor, bıraktı adamın elini.

Bu adamın dokunuşunun yarattığından çok daha büyük bir coşku dalgalanıyordu içinde: istediği herhangi bir şeyi yapabileceğinin, hiçbir sınır olmadığının bilinci. Dışarıdaki kadın dışında –ki her an içeri girebilirdi– herkes uyuyor olmalıydı.

Kan dolaşımı hızlandı, giysilerini çıkardığında hissettiği üşüme de geçmeye başlamıştı. Veronika ile Eduard, ikisi de ayakta karşı karşıya duruyorlardı, kız çıplak, erkek ise giyimliydi. Veronika bu kez kendi elini cinsel organına kaydırdı, mastürbasyon yapmaya koyuldu; kuşkusuz hayatında ilk kez yapmıyordu bunu, daha önceleri kimi kez tek başına, kimi kez bazı partnerleriyle yapmıştı, ama hiçbir zaman şimdiki gibi bir durum olmamıştı: erkek olanlara tümden kayıtsızdı görünüşte.

Bu da, kızı çok coşkulandırıyordu. Ayaktaydı Veronika, bacaklarını iki yana iyice açmış, cinsel organını, memelerini elliyor, saçlarını karıştırıyordu, ömründe hiç yapmadığı ölçüde salıvermişti kendini; bunu Eduard'ı uzak dünyasından çekip çıkarmak için değil, şimdiye dek hiç tatmadığı bir keyfe sürüklendiği için yapıyordu.

Derken konuşmaya başladı, inanılmaz sözcükler çıkıyordu ağzından, ana-babası, arkadaşları, ataları tarafından iğrenç olarak nitelenecek sözcükler. İlk orgazmı gerçekleşti, zevkten haykırmamak için dudaklarını ısırdı.

Eduard ona bakmayı sürdürüyordu. Gözlerinde farklı bir ışık vardı, sanki anlıyordu, en azından kızın gövdesinden fışkıran enerjiyi, ter ve kokuyu. Veronika henüz doyuma ulaşmış değildi. Diz çöktü, bir kez daha mastürbasyona başladı.

Orgazm zevki içinde ölmek istiyordu, kendisine ömrü boyunca yasaklanmış her şeyi düşünüyor, kavrıyordu. Adama yalvarmaya başladı, ona dokunsun, onu zorlasın, istediği gibi kullansın diye. Keşke Zedka da burada olsaydı diye düşündü, çünkü bir kadın, herhangi bir erkekten çok daha iyi bilirdi, zaten tüm sırlarını bildiği bir kadın gövdesini okşamayı.

Hâlâ durduğu yerde dikilmiş olan Eduard'ın önünde diz çökmüş durumda cin çarpmış gibi debeleniyor, adamın yapmasını istediği şeyleri en kaba saba, en pis sözcüklerle sıralıyordu. Bir orgazm daha yaşadı, ilkinden çok daha sarsıcı, her yanında sanki bombalar patlayacakmış gibi hissettiren bir orgazm. O sabah geçirdiği kalp krizi geldi aklına, ama ne önemi vardı, inanılmaz bir zevk patlamasıyla terk edebilirdi bu dünyayı. Hâlâ önünde duran Eduard'a dokunmak istedi, ama o ânı bozma riskini göze alamadı. İleri gidiyordu, çok, çok ileri, aynı Mari'nin dediği gibi.

Kendi kendini hem kraliçe hem köle, hem kıyıcı hem kurban olarak canlandırıyordu hayalinde. Ten rengi farklı -kara, beyaz, sarı- birçok erkekle, eşcinsellerle, dilencilerle sevişiyordu hayalinde. Herkese aitti, herkes istediğini yapabilirdi ona. Üst üste bir, iki, üç orgazm daha yaşadı. Ömründe aklından hayalinden geçmemiş şeyleri imgeleminde gerçekleştiriyor, en bayağı, ama aynı zamanda en saf duygulara terk ediyordu kendini. Sonunda kendini tutamadı, bütün o orgazmların zevki ve sancısıyla, zihninin kapısından bedenine girip çıkmış onca erkek ve kadının hatırına avaz avaz haykırdı.

Yere yıkıldı, öylece kaldı, gövdesi ter içinde, ruhu huzur doluydu. Bunca yıl gizli arzularını kendinden bile saklamıştı, bunun nedenini bilmiyordu, ama artık aldırmıyordu. Yaptığını yapmakla, kendini teslim etmekle kavuştuğu mutluluk yeterliydi.

Evren yavaş yavaş eski haline döndü ve Veronika yerden kalktı. Bütün geçen süre boyunca Eduard yerinden bir milim bile kıpırdamamıştı; ama bir değişiklik vardı onda gene de, gözlerinde bir sevecenlik, çok insancıl bir yumuşama belirmişti.

"O kadar müthiş bir güzellik yaşadım ki, her yerde aşkı görüyorum, bir şizofrenin gözlerinde bile."

Üstünü giyinmeye başlamıştı ki, odada üçüncü bir kişinin varlığını algıladı.

Mari içerideydi. Veronika onun ne zaman geldiğini, neleri gördüğünü, işittiğini bilmiyordu, ama ne utanç, ne de korku duydu. Fazla yakına gelmiş birinin hak ettiği uzak bir bakış fırlattı ona.

"Önerdiğin şeyi yaptım," dedi. "Ve çok, çok ileri gittim."

Mari ses çıkarmadı. Biraz önce geçmişinin çok önemli bazı anlarını yeniden yaşamıştı ve kendini bir tuhaf hissediyordu. Belki de dünyaya dönmenin, oradaki şeylerle yüzleşmenin, hayatta bir akıl hastanesinde bulunmamış kişilerin bile büyük bir kardeşlik çemberinin üyesi olabileceklerini herkese anlatmanın zamanı gelmişti.

İşte, Villete'te bulunmasının tek nedeni kendi canına kıymaya kalkışmak olan şu genç kız güzel bir örnekti. Zihnin insanı götürebileceği yerlerin sınırına bile yaklaşmamış, panik, depresyon, mistik yanılsamalar nedir bilmeyen bir kız. Pek çok erkekle birlikte olmuş, ama kendi arzularının en gizli köşe bucaklarına varamamış, dolayısıyla yaşamının yarısını tanımadan yaşamdan el etek çekmeye kalkmış bir kızcağız. Keşke herkes kendi içsel deliliğini bilse ve onunla birlikte yaşamayı öğrense. Dünya daha kötü bir yer mi olurdu? Hayır insanlar daha yürekli, daha mutlu olurlardı.

"Bunu daha önce neden yapmadım?"

"Biraz daha müzik çalmanı istiyor," dedi. Mari, Eduard'a bakarak. "Bence bunu hak ediyor da."

"Tamam, çalacağım, ama önce benim sorumu yanıtla: Neden bunu daha önce yapmadım? Özgürsem istediğimi düşünebilirim. Neden yasak olanı hayal etmekten kaçındım hep?"

"Yasak mı? Bak, ben avukattım ve yasaları bilirim. Aynı zamanda Katoliktim ve İncil'in büyük bölümünü ezbere bilirim. Sen 'yasak' dediğinde neyi kastediyorsun?"

Mari kızın yanına gidip kazağını giymesini yardım etti.

"Yüzüme bak, gözümün içine bak, şimdi söyleyeceklerimi hiç unutma. Yalnızca iki yasak vardır, biri insanların, öteki ise Tanrı'nın koyduğu yasaklardır. Hiç kimseyi cinsel ilişkiye zorlama, çünkü buna ırza geçmek denir. Hiçbir zaman çocuklarla cinsel ilişkiye girme, çünkü bu en kötü günahtır. Bunların dışında özgürsün. Senin istediğinin tıpkısını isteyen biri mutlaka bulunur."

Ölmek üzere olan birine önemli şeyler öğretmeye sabrı yoktu Mari'nin. Gülümseyerek iyi geceler diledi ve orayı terk etti.

Eduard yerinden kıpırdamadı, müziği bekliyordu. Veronika onu ödüllendirmek gereksinmesini duydu: sırf yanında kaldığı, çılgınlığına tiksinti ya da dehşet duymaksızın tanıklık ettiği için ona verdiği derin mutluluk bunu hak etmesi için yeter de artardı bile. Piyanoya oturdu, çalmaya başladı.

Ruhu kanatlanmış, uçuyordu; ölüm korkusu diye bir şey de kalmamıştı. Hayatı boyunca kendi kendisinden gizli tuttuğu şeyler yaşamıştı. Bir bakire ve bir fahişenin, bir kraliçe ve bir kölenin –kraliçeden çok kölenin– keyfini yaşamıştı.

O gece, sanki bir mucize sonucu, eskiden bildiği tüm melodiler belleğine geri geldiler, kendi yaşadığı keyfi Eduard'a da aktarmak için çaldı, çaldı.

Dr. Igor ışığı yaktı, bürosunun önündeki bekleme odasında genç kadını görünce şaşırdı.

"Saat daha çok erken. Ayrıca bütün gün doluyum."

"Çok erken olduğunu biliyorum," dedi kız, "daha şafak bile sökmedi. Birazcık konuşmak istiyorum, çok kısa bir süre. Yardımınıza gereksinmem var."

Gözlerinin altında mor halkalar vardı, saçları da matlaşmıştı: bütün gece uyumamışlığın tipik belirtileri.

Dr. Igor, kızı odasına aldı.

Ona oturmasını söyledikten sonra ışığı yaktı, perdeleri açtı. Bir saate kadar güneş doğacaktı, o zaman elektrik giderini kısabilirdi. Hissedarlar en küçük giderlere bile bozuluyorlardı.

Ajandasına şöyle bir göz gezdirdi: Zedka'nın son ensülin şoku da olumlu geçmişti, yani, o insanlık dışı tedaviden sağ çıkabilmişti. Gene de Dr. Igor hastane konseyine tedavinin tüm sorumluluğunu üstlenen bir yazıyı imzalatması iyi olmuştu.

Bazı raporları okudu. Gece iki-üç hasta saldırgan davranışlarda bulunmuşlardı ki bunlardan biri Eduard'dı. Koğuşuna saat dörtte dönmüş, uyku ilaçlarını almayı reddetmişti. Dr. Igor'un bu konuda bir şeyler yapması gerekiyordu. Villete, içeride ne kadar serbest olursa olsun, sert ve tutucu bir kurum olduğu imajını sürdürmek zorundaydı.

"Size çok önemli bir şey soracaktım," dedi Veronika.

Dr. Igor oralı olmadı. Steteskopunu alıp kızın kalbini ve ciğerlerini dinlemeye koyuldu. Reflekslerini kontrol etti, minik bir lambayla retinasının arkasını inceledi. Vitriol zehirlenmesinin ya da bazılarının dediği gibi acılaşmanın hemen hemen tüm belirtilerinin kaybolduğunu gördü.

Hemen telefonun başına geçip karmaşık adlı bir ilaç getirmesini emretti hastabakıcıya.

"Dün gece ilacınızı almadığınız anlaşılıyor," dedi.

"Ama kendimi çok daha iyi hissediyorum."

"Yüzünüze bakmam bile yeterli: göz altlarında morarma, aşırı yorgunluk, reflekslerin yavaşlaması... Sayılı günlerinizi biraz olsun rahat geçirmek istiyorsanız, lütfen dediklerimi aynen uygulayın."

"Ben de bunun için geldim zaten. Sayılı günlerimin tadını çıkarmak istiyorum, ama kendi bildiğim gibi. Tam olarak ne kadar zamanım kaldı?"

Dr. Igor gözlüklerini indirip kıza uzun uzun baktı.

"Açıkça söyleyebilirsiniz," dedi kız. "Korkmuyorum, ama kayıtsız da değilim. Yaşamak istiyorum, ama bunun yeterli olmadığını biliyorum. Yani, kaderime razı olmuş durumdayım."

"Eeee, ne istiyorsunuz o zaman?"

Hastabakıcı elinde bir şırınga ile içeri girdi, Dr. Igor'un başıyla yaptığı bir işaret üzerine kızın kazağının kolunu yavaşça sıyırdı.

İğne yapılırken Veronika yeniden sordu. "Ne kadar zamanım kaldı?"

"Yirmi dört saat, belki de daha az."

Kız başını eğdi, dudağını ısırdı, ama sakin kalmayı başardı.

"İki dileğim olacak. Birincisi bana öyle bir ilaç verin ki uykum gelmesin ve yaşamımın geri kalanının her ânını yaşayabileyim. Çok yorgunum, ama uyumak istemiyorum. Yapacağım çok şey var, hayatın sonsuza dek süreceğini sandığım günlerde hep ertelediğim şeyler bunlar, sonra, hayatın yaşanmaya değmeyeceğine inanmaya başlayınca da unuttuğum."

"İkinci dilek neymiş?"

"Buradan çıkmak, dışarıda ölmek istiyorum. Lyubliyana Kalesi'ni ziyaret etmem gerek. Yüzyıllardır orada durup duruyor, ama ben bir kez olsun yakından bakmaya zahmet etmemişim. Kışları kestane, yazları da çiçek satan kadıncağızla konuşmam gerek. O kadar sık karşılaşırdık sokakta, ama bir kez olsun hatırını sormak aklıma gelmemiş. Mantosuz sokağa çıkıp karda yürümek istiyorum, çok çok üşümenin nasıl bir duygu olduğunu öğreneyim, değil mi? Hayatım boyunca hep sıkı sıkı giyinmişim, soğuk alma korkusuyla.

"Kısacası, Dr. Igor, yüzümde yağmuru hissedeyim, hoşuma giden herhangi bir erkeğe gülümseyeyim, bir kahve ısmarlamak isteyen herkesin önerisini kabul edeyim istiyorum. Sonra annemi öpmek, onu sevdiğimi söylemek, duygularımı açık etmekten utanmaksızın dizinin dibinde ağlamak... Duygular hep vardı, ama hep gizlenmek zorundaydı.

"Belki de bir kiliseye girerim, bana hiçbir zaman hiçbir şey ifade etmemiş imgelere bakarım, belki bu kez söyleyecekleri bir şeyler olur. İlginç bir adam beni bir kulübe falan davet ederse giderim, ayakta duramayacak hale gelinceye kadar dans ederim. Sonra da yatarım onunla, ama şimdiye dek birlikte olduğum erkeklerle yattığım gibi değil: kontrolü elimde tutma kaygısını bir yana atarak, yalandan numara yapmadan. Kendimi bir erkeğe gerçekten vermek istiyorum, sonra da yaşadığım kente, hayata ve en son da ölüme."

Veronika susunca uzun bir sessizlik oldu. Hasta ile doktor birbirlerinin gözlerinin içine bakmayı sürdürdüler. Yirmi dört saate sığdırılabilecek nice şey olduğu düşüncesi mi dalgınlaştırmıştı ikisini de.

Sonunda Dr. Igor konuştu: "Size uyarıcı hap yazacağım, ama kullanmanızı tavsiye etmem. Uykuyu engellemesine engeller, ama, yaşamak istediklerinizin tadına varmak için gereken huzuru da yok eder."

Veronika kendisini kötü hissetmeye başladı; zaten hep böyle oluyor, bu iğneyi ne zaman yapsalar bedeninde kötü etkiler oluşuyordu.

"Birden sarardınız. En iyisi gidip yatmanız galiba, yarın tekrar konuşuruz."

Kızın ağlayası geldi, ama kendini tuttu.

"Yarın diye bir şey yok, siz de çok iyi biliyorsunuz. Yorgunum, Dr. Igor, çok yorgunum. Onun için hap istedim sizden. Bütün geceyi uykusuz geçirdim, çaresizlikle boyun eğme arasında geldim gittim, dünkü gibi bir isteri krizi geçirebilirim korkudan, ama neye yarar? Madem yirmi dört saatlik ömrüm kaldı ve yapacak pek çok şeyim var, mızmızlanmayı bırakayım dedim. N'olur, Dr. Igor, kalan azıcık zamanımı yaşamama izin verin, çünkü yarının çok geç olacağını ikimiz de biliyoruz."

"Şimdi gidip uyuyun," dedi doktor, "öğlende buraya gelin. Tekrar görüşelim."

Veronika başka çaresinin olmadığını anladı.

"Tamam, gidip uyuyacağım, sonra da buraya geleceğim. Ama bir-iki dakika daha konuşabilir miyiz?"

"Bir-iki dakikayı geçmesin lütfen, bugün çok meşgulüm."

"Lafı uzatmıyorum. Dün gece, hayatımda ilk kez, kendimi tamamen salıvererek mastürbasyon yaptım. Düşünmeye cesaret edemediğim her bir şeyi düşündüm, daha önceleri beni korkutan ya da tiksindiren şeylerden büyük bir zevk aldım."

Dr. Igor en profesyonel tavrını takındı. Böyle bir konuşmanın nereye varacağı belli olmazdı, başı üstleriyle belaya girsin istemiyordu.

"Bir sapık olduğumu anladım, doktor. Bunun intihar girişimimde bir rolü var mıydı, bilmiyorum. Kendim hakkında bilmediğim o kadar çok şey var ki."

'Açık konuşmaktan başka yapılacak bir şey yok,' dedi adam içinden. 'Hastabakıcıyı çağırıp ileride bir cinsel taciz davası olabilir diye tanık bulundurmama gerek yokmuş gibi görünüyor.'

Yüksek sesle, "Hepimiz farklı şeyler isteyebiliriz," diye karşılık verdi. "Ana-babalarımız da öyle. Bunun nesi kötü?"

"Bilmem, siz söyleyin, nesi kötü?"

"Her şeyi kötü. Çünkü herkes hayal kurar da yalnızca pek az kişi hayallerini gerçekleştirebilirse, hepimiz korkağız demektir."

"Ya o pek az kişi haklıysa?"

"Haklı olan kişi en güçlü olandır. Bu durumda bir paradoks söz konusu, en korkak olanlar aynı zamanda en cesurlar, çünkü fikirlerini herkese empoze edebiliyorlar."

Dr. Igor lafı daha fazla uzatmak istemedi.

"Şimdi gidip biraz dinlenin lütfen, bekleyen bir sürü hasta var. Dediğimi yaparsanız, ikinci ricanız konusunda yardımcı olabilirim belki."

Veronika odadan çıktı. Doktorun sıradaki hastası, o gün taburcu olacak olan Zedka'ydı, ama Dr. Igor ondan biraz beklemesini rica etti. Deminki konuşma üstüne birtakım notlar alması gerekiyordu.

Vitriol üzerine yazacağı kitaba seks konulu uzun bir bölüm eklemek zorunda kalacaktı. Ne de olsa pek çok nevroz ve psikozun temelinde cinsellik yatıyordu. Teorisine göre fanteziler beynin gönderdiği elektrik itkilerdi ve bunlar gerçekleşmediği takdirde o enerji gövdenin başka bölümlerine aktarılıyordu.

Tıp öğrenimi sırasında cinsel sapmalar konusunda ilginç bir tez okumuştu Dr. Igor: sadizim, mazoşizm, eşcinsellik, koprofagi, koprolalia, röntgencilik vesaire, çok uzun bir listeydi. İlk başta bunların, eşleriyle sağlıklı ilişki kuramayan, adaptasyon zorluğu çeken kişilerde ortaya çıkan sapkın davranışların birer örneği olduğunu düşünmüştü.

Oysa, ruh hekimi olarak mesleğinde ilerledikçe, hastalarıyla konuşma fırsatları çoğaldıkça, herkesin alışılmadık bir öyküsü olduğunu öğrenmişti. Hastaları bürosunda rahat bir koltuğa kurulurlar, gözlerini yere dikerek kendilerince 'hastalık' olarak niteledikleri (sanki karşılarındaki kişi doktor değilmiş gibi) ya da 'sapkınlık' sandıkları (sanki ruh hekimi olarak neyin sapkınlık olduğunu, neyin olmadığını açıklayacak kişi karşılarında değilmiş gibi) duygularını uzun uzadıya anlatmaya koyulurlardı.

Ve bu insanlar, birbiri ardından, birbirinden habersiz olarak, erotik azınlıkları tanımlayan kitapta anlatılan her bir fanteziyi dile getirirlerdi. Söz konusu kitap da aslında herkesin istediği tür bir orgazma –birlikte oldukları kişinin haklarını çiğnememek koşuluyla– ulaşma hakkını savunmak için yazılmıştı.

Rahibe okullarında okumuş kadınlar cinsel tacize, aşağılamaya uğramayı hayal ediyor; takım elbiseli, kravatlı üst düzey bürokratlar Romanyalı orospulara, sırf ayaklarını yalayabilmek için dünyanın parasını ödediklerini itiraf ediyorlardı. Oğlan çocuklarına âşık delikanlılar, okuldaki kız arkadaşlarına tutkun genç kızlar... Karılarının yabancılarla seviştiğini seyretmek isteyen kocalar, kocaları tarafından aldatıldığını sandığı anda mastürbasyon yapan kadınlar... Kapıyı çalan her tamircinin koynuna girme isteğini zor bastıran anneler, sınırları aşmayı başarmış tuhaf görünümlü travestilerle yaşadıkları serüvenleri ayrıntılı olarak anlatan iyi aile babaları...

Ve tabii orjiler. Anlaşılan herkes, hiç değilse ömründe bir kez bir orjiye katılmak hayaliyle yaşıyordu.

Dr. Igor bir an kalemini bıraktı ve kendisini düşündü: evet, o da bir orjiye katılmak isterdi. Hayalinde canlandırdığı kadarıyla orji denilen şey tümüyle anarşik ve keyif dolu bir şeydi, sahip olma dürtüsünün hiç yer almadığı yalnızca zevk ve karmaşanın hüküm sürdüğü bir olay.

Onca insanın acılaşma zehrini yutmasının başlıca nedenlerinden biri bu olabilir miydi? Tekeşliliğe yargılı evlilikler ki Dr. Igor'un arşivlerinde sıkı sıkı sakladığı incelemelere göre, birlikte yaşamın üçüncü ya da dördüncü yılında cinsel isteğin zerresi kalmıyordu. İşte o zaman kadın kendisini reddedilmiş, erkek ise kapana kıstırılmış hissediyor, Vitriol –ya da acılaşma– her şeyi kemirmeye başlıyordu.

Bir psikiyatriste içini döken insanlar, bir papazla günah çıkartırkenden daha rahat konuşuyorlardı, çünkü hekimler onlara Cehennem ateşinden söz etmiyorlardı. Uzun yıllar ruh hekimi olarak çalışmış olan Dr. Igor'un işittiği öykülerin haddi hesabı yoktu.

Ancak bunlar *anlatılan* öykülerdi, *yaşanan* değil. Bu meslekte geçirdiği onca yıldan sonra hep aynı soruyu soruyordu: insanlar farklı olmaktan neden bu kadar korkarlar?

Sorunun karşılığını araştırdığında en yaygın yanıtlar şöyleydi: 'Kocam bir orospu gibi davrandığımı düşünür,' ya da bir erkek konuşuyorsa: 'Karıma saygı göstermem gerekir.'

Sorgulama genellikle o noktada sona eriyordu. Herkesin parmak izi kadar kendisine özgü bir cinsel profili olduğunu açıklamanın bir yararı yoktu, çünkü kimse buna inanmak istemiyordu. Yatakta kendini salıvermek, utanmasız sıkılmasız davranmak çok tehlikeliydi, çünkü her zaman için öteki kişinin önyargıların kölesi olabileceği korkusu vardı.

Dr. Igor, 'Dünyayı ben değiştirecek değilim ya,' diye geçirdi içinden bıkkınlıkla, hemşireye eski depresif Zedka'yı içeri göndermesini söylerken. 'Ama düşüncelerimi tezimde olduğu gibi açıklayabilirim en azından.'

Eduard, Dr. Igor'un bürosundan çıkıp koğuşuna doğru ilerleyen Veronika'yı gördü. Kız dün gece bedenini ona nasıl bir dürüstlükle açtıysa, o da aynı dürüstlükle yüreğini ona açmayı, tüm sırlarını anlatmayı istiyordu.

Şizofren hastası olarak Villete'e geldiğinden bu yana geçirdiği en yaman sınavlardan birini geçirmişti dün gece. Direnmeyi başarmış olduğundan dolayı çok mutluydu, ama içinde uyanan dünyaya dönme isteği onu fena halde kaygılandırıyordu.

'Bu kızın hafta sonuna dek bile yaşamayacağını herkes biliyor. Üstüne gitmenin ne anlamı var?'

Ya da belki, sırf bu yüzden, öyküsünü onunla paylaşmak hoş olabilirdi. Üç yıl boyunca yalnızca Mari ile konuşmuştu ve onun bile kendisini doğru dürüst anladığından emin değildi. O da bir anneydi, dolayısıyla Eduard'ın ana-babasına hak vermesi, onların oğulları için en iyisini yaptıklarını, 'Cennet Görüntüleri'nin gerçeklikle tüm ilişkisini yitirmiş bir yeniyetmenin saçma hayalleri olduğunu düşünmesi doğaldı.

'Cennet Görüntüleri'. Onu cehenneme sürükleyen, ana-babasıyla bitmez tükenmez tartışmalara yol açan, içinde uyandırdığı dayanılmaz suçluluk duygusu yüzünden elini ayağını bağlayan, sonunda başka bir dünyaya sığınmasını gerektiren şey de tamı tamına buydu işte. Mari olmasaydı, hâlâ farklı bir gerçekliğin içinde yaşıyor olacaktı.

Derken işte, Mari ortaya çıkmıştı, ona insanca, sevecenlikle yaklaşmış, yeniden sevildiğini hissettirmişti. Onun sayesindedir ki, Eduard çevresinde olup bitenleri anlama yetisini kazanmıştı.

Birkaç gün önce, aşağı yukarı kendi yaşında olan genç bir kadın piyanonun başına oturup *Ayışığı Sonatı*'nı çalmıştı. Eduard bir kez daha Cennet'in görüntülerini görerek altüst olmuş, ama bunun suçunu müziğe mi, genç kadına mı, yükselmekte olan aya mı, Villete'te geçirdiği uzun süreye mi yükleyeceğini bilememişti.

Kızı koğuşuna kadar izledi, ama bir hastabakıcı yolunu kesti.

"Buraya giremezsin, Eduard. En iyi bahçeye çık, şafak neredeyse sökecek, çok güzel bir gün doğacak."

Veronika dönüp ona baktı.

"Birazcık uyuyacağım," dedi yumuşacık bir sesle. "Uyandığımda konuşuruz."

Veronika nedenini bilmiyordu, ama bu genç adam yaşamının, daha doğrusu geri kalan saatlerinin bir parçası oluvermişti. Eduard'ın müziğini anladığından, yeteneğine hayran kaldığından emindi; ağzından bir tek söz bile çıkmıyordu, ama gözleri konuşuyordu. O anda, koğuşun kapısında bu gözler ona işitmek istemediği şeyler fısıldıyor gibiydiler.

Sevecenlik. Aşk.

'Akıl hastalarıyla bir arada yaşamaktan, ben de delirmeye başladım. Şizofrenlerde bu tür duygular bulunmaz, en azından insanlara karşı.'

Veronika geri dönüp delikanlıyı öpmek isteğine kapıldı birden, ama kendini tuttu. Hastabakıcı olanı görüp Dr. Igor'a yetiştirebilirdi, doktor da şizofrenleri öpmeye kalkan birini Villete'ten dünyada salıvermezdi.

Eduard hastabakıcıya baktı. Genç kıza duyduğu ilginin sandığından da güçlü olduğunu fark etmişti, ama kendini kontrol altında tutması gerekiyordu. En iyisi Mari'nin fikrini sormaktı, sırlarını yalnızca onunla paylaşırdı çünkü. Tabii kadının vereceği yanıtın ne olduğunu bilmiyor değildi: içinde bulundukları durumda aşk hem anlamsız hem de tehlikeliydi. Mari mutlaka saçmalamaktan vazgeçmesini söyleyecekti Eduard'a ve normal bir şizofren gibi davranmasını. (Sonra da kendi sözlerine kendisi gülecekti keyifle.)

Genç adam öteki hastalarla birlikte yemekhaneye gitti, önüne konulanı yedi ve zorunlu yürüyüş için bahçeye çıktı. 'Hava alırken' (o sabah sıcaklık sıfırın altındaydı) Mari'ye yaklaşmaya çalıştı, ama kadının yalnız kalmak istediğini anlayarak üstüne gitmedi. Bu konuda ona bir şey söylenmesi gerekmiyordu; Eduard yalnızlığın ne demek olduğunu çok iyi bilen biri olarak başkalarının gereksinmelerine saygı duymayı da öğrenmişti. Yeni bir hasta Eduard'a yaklaştı. Besbelli henüz hiç kimseyi tanımıyordu.

"Tanrı insanoğlunu cezalandırdı," diye söze başladı adam. "Veba hastalığı ile cezalandırdı. Ancak, sonra benim düşüme girdi ve gelip Slovenya'yı kurtarmamamı emretti."

Eduard adamın yanından uzaklaşırken o hâlâ arkasından bağırıyordu: "Beni deli mi sanıyorsun? O zaman İncil'i oku. Tanrı tek oğlunu dünyaya gönderdi ve işte oğlu yeniden canlandı."

Ama Eduard artık onu duymuyordu bile. Gözlerini duvarların ötesindeki dağlara dikmiş 'Bana ne oluyor?' diye soruyordu kendine. Onca yıldır aradığı huzuru sonunda burada bulmuştu işte, neden dışarı çıkmak isteği doğmuştu? Tam bütün aile sorunları çözümlenmişken ana-babasını yeniden utandırma riskini neden göze alsındı ki? İçinden beklenmedik kıpırtılar yükseliyordu; beş aşağı beş yukarı dolaşarak Mari'nin sessizliğinden kurtulmasını bekliyordu, ona açılmak amacıyla. Ama kadın herkesten uzak duruyordu.

Villete'ten nasıl kaçabileceğini biliyordu. Güvenlik önlemleri çok sıkı görünmekle birlikte pek çok eksiği vardı; çünkü insanlar bir kez Villete'e alıştılar mı pek ayrılma isteği duymuyorlardı. Batı tarafındaki duvarı tırmanmak çok kolaydı, tutunacak pek çok yeri vardı; insan istese çabucak tırmanır, kısa sürede kendini kırlık bir arazide bulurdu, beş dakika içinde de kuzeye doğru Hırvatistan yolunda ilerlemeye başlardı. Savaş sona ermişti, kardeşler yeniden kardeş olmuşlardı, sınırlar eskisi gibi sıkı kontrol edilmiyordu. Şansın da yardımıyla altı saat içinde Belgrad'a varabilirdi.

Eduard daha önce de birkaç kez o yola çıkmıştı, ama her seferinde yarı yoldan dönmüştü, çünkü ilerlemesi için gerekli işareti almamıştı. Ama şu anda her şey farklıydı; beklediği işaret sonunda gelmişti: yeşil gözlü kumral saçlı, ne istediğini sanan insanların şaşkın bakışına sahip bir genç kadının kimliğine bürünerek.

Eduard hiç beklemeden hemen oracıkta duvarı tırmanmayı, çekip gitmeyi, bir daha da Slovenya'da hiç görünmemeyi düşündü. Ama kız uykudaydı, gitmeden önce ona veda etmesi gerekirdi.

Hava alma faslı bitince herkes içeri döndü, Kardeşlik Çemberi üyeleri de salondaki özel yerlerinde toplandılar. Eduard hemen yanlarına gitti.

"Bu delinin aramızda ne işi var?" diye sordu grubun en yaşlısı.

"Sataşma ona," dedi Mari. "Bizler de deli değil miyiz zaten?"

Herkes kahkahayı bastı ve bir gün önceki konferansı tartışmaya koyuldular. Sûfi meditasyonunun dünyayı gerçekten kurtarıp kurtarmayacağını sorguluyorlardı. Teoriler öne sürüldü, öneriler, yöntemler, karşıt fikirler, konferansçı ile ilgili eleştiriler tartışıldı; yüzyılların sınavından geçmiş şeylerin nasıl daha iyileştirilebileceği görüldü.

Eduard bu tür tartışmalardan bıkmış usanmıştı. Bu insanlar kendilerini bir akıl hastanesine kapatmışlar, dünyayı kurtarmaya kalkıyorlardı; tabii en ufak bir riski göze almaksızın. Kimi fikirleri ne kadar kullanışlı olursa olsun, dış dünyada gülünç duruma düşeceklerini pekâlâ biliyorlardı. Herkesin her konuda fikri vardı, yalnızca kendi dediklerinin doğru olduğundan kuşkuları yoktu. Günlerce, gecelerce, haftalarca, yıllarca konuşur dururlar, iyi ya da kötü herhangi bir düşüncenin ancak biri onu uygulamaya koymaya kalktığında var olabileceği gerçeğini göz ardı ederlerdi.

Sûfi meditasyonu da neymiş? Tanrı neymiş? Kurtuluş neymiş, yani, dünyanın kurtulması diye bir gerekçe varsa tabii? Hiçbir şey değildi bütün bunlar. Oradaki –ve Villete dışındaki– herkes kendi yaşamını yaşamaya baksa, başkalarına karışmaya da kalkmasa, Tanrı her ânın, her buğday tanesinin, gökyüzünde bir görünüp bir sonraki saniye yok olan her bulut parçasının içinde bulunabilirdi. Tanrı hep oradaydı, ama insanlar arayışlarını sürdürmek zorunda hissediyorlardı kendilerini, çünkü yaşamın bir iman gösterisi olduğu gerçeği onlara fazla basit geliyordu.

Bir gece önce, Veronika'nın piyano çalmasını beklerken Sûfi hocanın verdiği derse kulak misafiri olmuştu; adamın 'Güle bakın yalnızca,' dediğini hatırladı. Tabii ya, daha fazlasına ne gerek vardı?

Ama işte, o derin meditasyon olayını yaşadıktan sonra bile, Cennet görüntüsüne onca yakınlaştıktan sonra bile, bu insanlar oturmuş tartışıyorlar, eleştiriler yapıp teori üretiyorlardı.

Mari'nin gözlerini yakaladı. Kadın gözlerini kaçırdı, ama Eduard artık duruma el koymaya kararlıydı. Yerinden kalkıp kadının yanına gitti, kolundan çekti.

"Yapma, Eduard."

Ona 'Benimle gel,' diyebilirdi, ama bu kadar insanın içinde böyle açık konuşursa herkesi şaşırtacağını biliyordu. Bu yüzden, kadının önünde diz çöküp yalvaran gözlerle ona bakmayı yeğledi.

Gruptakiler güldüler.

"Sen onun için azizler katındasın, Mari," dedi kadının biri. "Dünkü meditasyon seansının sonucu olmasın?"

Sessiz geçirdiği onca yıl, gözleriyle konuşmayı öğretmişti Eduard'a; bütün enerjisini bakışlarına yükleyebiliyordu. Duyduğu sevecenlik ve aşkı Veronika'ya yansıtabildiğinden ne kadar eminse, Mari'ye de çaresizliğini, ona olan ihtiyacını anlatabildiğinden emindi.

Kadın kısa bir süre direndikten sonra ayağa kalktı, genç adamın elinden tuttu.

"Gel bir yürüyüş yapalım," dedi. "Besbelli canın sıkkın."

Birlikte bahçeye çıktılar. Güvenli bir uzaklığa varır varmaz, kimsenin onları işitmeyeceğinden emin olan Eduard sessizliğini bozdu.

"Yıllardır Villete'teyim," dedi. "Ailemin utanç kaynağı olmaktan kurtuldum, tüm emellerimi silip attım, ama 'Cennet Görüntüleri' hâlâ kafamdan çıkmadı."

"Biliyorum," dedi Mari. "Bu konuyu kaç kez konuştuk seninle. Şimdi de neyi amaçladığını anladım: artık gitme vaktinin geldiğini söylemeye çalışıyorsun."

Eduard başını kaldırıp gökyüzüne baktı, Mari'de de aynı duygular mı uyanmıştı?

"Bunun nedeni de kız," diye sürdürdü Mari. "Burada pek çok kişinin öldüğünü gördük, hem de en beklemedikleri anda ve genellikle hayattan çoktan umut kestikten sonra. İlk kez olarak genç, güzel, sağlıklı birinin başına hem de gözümüzün önünde gelecek. Hep burada kalmak istemeyen tek kişi Veronika, çünkü yaşam dolu. Bu durumda bizlerin de kendi kendimizi sorgulamamız doğal: Peki, bize ne olacak? Biz burada ne arıyoruz?"

Genç adam olumlu anlamda kafasını salladı.

"Dün gece ben de aynı şeyleri düşündüm: bu hastanede ne işim var? Kent meydanına inip Üç Köprüler'in orada gezinmek, tiyatronun karşısındaki pazar yerinden elma satın almak, insanlarla havadan sudan konuşmak ne hoş olurdu. Çoktan unuttuğum bir sürü şeyle boğuşmak zorunda kalacağım tabii, ödenmemiş faturalar, komşularla sorunlar, beni anlamayan insanların ironik bakışları, yalnızlık, çocuklarımın dırdırı, daha neler neler. Oysa bütün bunlar yaşamın bir parçası değil mi? Bence bu ufak tefek sorunlarla baş etmek için ödenen bedel, onların varlığını inkâr etmekle ödediğimiz bedelden daha az. Bu gece eski kocamın evine gidip ona teşekkür etmeyi düşünüyorum, ne dersin?"

"Bilmem ki. Ben de bizimkilere gidip aynı şeyi söylemeli miyim dersin?"

"Olabilir. Temelde, hayatta başımıza gelen her şey kendi suçumuz, başka hiç kimsenin değil. Bizlerin başından geçen zorlukların pek çoğu başkalarının da başından geçiyor, ama onlar tamamen başka tepkiler veriyorlar. Biz en kolay yolu seçtik sanki: ayrı bir gerçeklik."

Mari'nin haklı olduğuna inanıyordu Eduard.

"Yeniden yaşamaya başlamak istiyorum, Eduard. Hep yapmak istediğim, ama cesaret edemediğim hataları yapmak... panik ataklarım geri gelebilir, ama artık baş edebilirim, çünkü o yüzden bayılmayacağımı, ölmeyeceğimi öğrendim. Yeni arkadaşlar edinmek, bilge olabilmek için deli olmak gerektiğini onlara da öğretmek isterim. Doğru davranışların elkitabını olduğu gibi izlemek yerine kendi yaşamlarını, isteklerini, serüvenlerini keşfetmelerini, YA-ŞA-MA-LA-RI-NI söylerdim onlara. Katolikler'e İncil'den, Müslümanlar'a Kuran'dan, Yahudiler'e Tevrat'tan, ateistlere ise Aristo'dan örnekler verirdim. Bir daha asla avukatlık yapmak istemiyorum, ama deneyimlerimden yararlanarak, bu dünyadaki varlığımızın ne anlama geldiğini bilmiş kişiler üstüne konferanslar verebilirim; o insanların yazdıkları her şey tek sözcükle özetlenebilir aslında: yaşayın. Yaşamasını bilirseniz Tanrı da sizinle birlikte yaşar. Onun koyduğu riskleri göze alamazsanız, o Tanrı da uzak bir cennete çekilir ve yalnızca felsefi birtakım spekülasyonlara konu olur. Herkes biliyor bunu, ama hiç kimse ilk adımı atmıyor, belki de deli damgası yemekten korkuyorlar. Bizim en azından böyle bir korkumuz yok Eduard. Bizler Villete'te yaşamışlarız."

"Bizim yaşamayacağımız bir tek şey var: Cumhurbaşkanlığına aday olamayız, çünkü karşı taraf mutlaka geçmişimizi araştırır."

Mari güldü, o da aynı görüşteydi.

"Buradaki yaşamdan usandım. Korkumu yenip yenemeyeceğimi hâlâ bilmiyorum, ama Kardeşlik Çemberi'nden de, bu bahçeden de, Villete'ten de, deli numarası yapmaktan da bıktım."

"Ben yaparsam sen de yapar mısın?"

"Sen yapmazsın."

"Birkaç dakika önce neredeyse yapıyordum."

"Bilmem ki, bütün bunlardan bıktım, ama alıştım da."

"Şizofreni teşhisiyle buraya kapatıldığımda, sen günlerce, aylarca benimle konuştun, bana insanmışım gibi davrandın. Sürdürmeye kararlı olduğum yaşama, kendi yarattığım öteki gerçekliğe alışmaya başlamıştım, ama sen peşimi bırakmadın. O zamanlar senden nefret etmiştim, şimdiyse seni seviyorum. Senin Villete'ten ayrılmanı istiyorum, Mari, tıpkı benim kendi yarattığım evrenden ayrıldığım gibi."

Mari hiçbir şey söylemeden uzaklaştı.

Villete'in küçük ve hemen hemen hiç kullanılmayan kütüphanesinde Eduard, ne Kuran'ı, ne Aristo'yu, ne de Mari'nin adını andığı öteki filozofları bulabildi. Onların yerine bir şairin sözleriyle karşılaştı:

Ve dedim ki kalbime, budalaya ne olduysa
olacaktır bana da...
Git yoluna, ye ekmeğini coşkuyla,
ferah gönülle iç şarabını da
ne yapacağını bilmiş Tanrı önceden.
Giydiğin hep beyaz olsun,
başından eksik olmasın merhem.
Yaşa keyfince sevdiğin kadınla
günlerin gururla dolsun,
o da Tanrı'nın armağanıdır sana.
Gurur dolu günlerin
görüp göreceğindir hayatta,
bir de güneşin altında harcadığın emek...
Yürü kalbinin gösterdiği yolda
gözünle gördüğünü tanı:
ama bil ki bütün yaptıkların
yargısına uğrayacaktır Tanrı'nın.

"Yargısına uğrayacağım Tanrı'nın," dedi Eduard, yüksek sesle, "ve ona diyeceğim ki: Yaşamımın bir döneminde durup rüzgâra baktım, ekin ekmeyi unuttum, coşkuyla yaşamadım, bana sunulan şarabı bile içmedim. Ama günün birinde hazır olduğuma hükmettim ve yeniden işe koyuldum. 'Cennet Görüntüleri'mi insanlara anlattım, tıpkı Bosch, Van Gogh, Wagner, Beethoven, Einstein ve benden önce dünyaya gelmiş nice deli gibi. Buna karşılık O diyecek ki: Sen aslında genç bir kızın öldüğünü görmemek için hastaneden kaçtın. Olabilir. O kız da Cennet'te olacak ve ikimizin arasını bulacaktır."

"Ne diyorsunuz?" diye sordu kütüphaneye bakan adam.

"Villete'ten ayrılmayı düşünüyorum," dedi Eduard, her zamankinden biraz daha yüksek bir sesle. "Yapacak işlerim var."

Kütüphaneci bir zile bastı, bir-iki saniye sonra iki erkek hastabakıcı belirdi.

"Buradan gideceğim," diye yineledi Eduard, sinirli bir edayla. "İyiyim ben, Dr. Igor ile konuşmama izin verin."

Ama iki adam onun iki koluna yapışmışlardı bile. Eduard kendini onların elinden kurtarmaya çalıştı, ama boşa çaba harcadığını biliyordu.

"Küçük bir kriz geçiriyorsun. Dur, sakin ol," dedi adamlardan biri, "şimdi hallederiz."

Eduard onlarla boğuşmaya koyuldu.

"Dr. Igor'la görüşeceğim. Ona bir sürü şey söylemem gerek, o beni anlayacak, eminim."

Adamlar onu koğuşuna doğru sürüklemekteydiler.

"Bırakın beni!" diye haykırıyordu genç adam. "Bir dakika dinleyin beni!"

Koğuşa giden yol büyük salondan geçiyordu, bütün öteki hastalar da orada toplanmışlardı. Eduard boğuşmakta ısrarlıydı ve olay kötüleşmeye başlamıştı.

"Bırakın onu! O zırdeli!

Kimileri güldüler, kimileri masalara, sandalyelere elleriyle vurup tempo tutmaya koyuldular.

"Burası akıl hastanesi. Kimse sizin gibi davranmak zorunda değil."

Hastabakıcılardan biri ötekine fısıldadı:

"Şunları bir korkutmamız gerek, yoksa her şey çığrından çıkacak."

"Bunun tek yolu var."

"Dr. Igor'un hoşuna gitmez bu."

"Bu manyaklar, onun sevgili hastanesini yerle bir ederlerse hiç hoşuna gitmez."

Veronika silkinerek uyandı. Her yanını soğuk terler basmıştı. Dışarıda korkunç bir gürültü vardı, oysa uykusunu sürdürmesi için sessizlik gerekiyordu. Patırtı devam etti.

Başı hafiften dönerek yataktan kalkıp salona gitti; tam o sırada Eduard'ı sürükleyerek dışarı çıkarıyorlardı, ellerindeki şırıngaları makineli tüfekler gibi tutan birtakım hastabakıcılar ise içeri dalmaktaydılar.

"Ne yapıyorsunuz?" diye haykırdı kız.

"Veronika!"

Şizofren ona hitap etmişti. Onun adını haykırmıştı. Şaşkınlıkla utancın birbirine karıştığı duygularla ona yaklaşmaya çalıştı. Hastabakıcılardan biri önünü kesti.

"Ne yapıyorsunuz? Ben deli değilim. Bana böyle davranamazsınız."

Veronika hastabakıcıyı itmeyi başardı, bu arada öteki hastalar bağırıp çağırmaya, kıza dayanılmaz gelen gürültüler yapmaya devam ediyorlardı. Gidip Dr. Igor'u bulmak, oradan hemen uzaklaşmak en iyisi olabilirdi.

"Veronika!"

Bir kez daha söylemişti adını. İnsanüstü bir çaba harcayarak kendini iki erkek hastabakıcının elinden kurtarmayı başardı Eduard. Ama kaçacağına, olduğu yerde hiç kımıldamadan durdu, tıpkı dün geceki gibi. Öteki hastalar da, sanki bir sihirbaz numarasıyla oldukları yere çakılmış gibi kalakaldılar. Herkes suspus olmuş, bir sonraki hareketi bekliyordu.

Hastabakıcılardan biri Eduard'ın yanına geldi yeniden, delikanlı ona gözlerini dikti, tüm gücünü toparlayarak konuştu:

"Sizinle geleceğim, beni nereye götürdüğünüzü biliyorum, bunu herkesin bilmesini istediğinizi de biliyorum. Yalnız bir dakika bekleyin."

Hastabakıcı bu riski göze almaya karar vermiş görünüyordu; ne de olsa durum normale dönmüş gibiydi.

Eduard, gözlerini Veronika'ya çevirdi: "Ben... Senin önemli olduğuna inanıyorum, ben..."

"Sen konuşmaktan acizsin. Bu dünyada yaşamıyorsun, adımın Veronika olduğunu bilmiyorsun. Dün gece benimle birlikte değildin. Lütfen... Dün gece orada olmadığını söyle."

"Oradaydım."

Kız genç adamın elini tuttu. Deliler bağırıp çağırıyorlar, açık saçık laflar atıyorlardı.

"Seni nereye götürüyorlar?"

"Tedaviye."

"Seninle geleceğim."

"Değmez. Çok korkacaksın. Canımın yanmadığını, hiçbir şey hissetmediğimi söylesem bile sen korkacaksın. Üstelik bu tedavi yatıştırıcı ilaçlardan çok daha iyi, çünkü insan çok daha çabuk topluyor aklını başına."

Onun neden söz ettiğini bilmiyordu Veronika. Elini tuttuğuna pişman oldu, ondan bir an önce uzaklaşmak istiyordu; utancını saklamak için. Kendi içinde en iğrenç olan ne varsa hepsine tanıklık etmiş olan, gene de ona büyük bir sevecenlikle davranan bu adamı bir daha görmek istemiyordu.

Derken, Mari'nin sözlerini hatırladı bir kez daha: yaşamını kimseye onaylatmak zorunda değildi, şu an önünde duran genç adama bile.

"Seninle geliyorum."

Hastabakıcılar da böylesinin daha iyi olacağını düşündüler. En azından şizofren hastayı sürüklemeleri gerekmiyordu artık, kızla birlikte, kendi rızasıyla geliyordu.

Koğuşa vardıklarında Eduard yatağın üstüne uzandı. Orada bekleyen iki adam daha vardı. Ellerinde tuhaf, makinemsi bir şey, bir de uzun bez parçalarıyla dolu bir torba vardı.

Eduard, Veronika'ya dönerek yatağın üstüne oturmasını söyledi.

"Bir-iki dakikaya kalmaz, bu olay bütün Villete'e yayılır, hastalar sakinleşir, çünkü zırdeliler bile korku nedir bilirler. Oysa, yalnızca başından geçen bilir, bu olayın sanıldığı kadar korkunç olmadığını."

Bu sözleri işiten hastabakıcılar genç adamın ağzından çıkan bir sözcüğe bile inanmadılar. İnsanın inanılmaz canı yanardı mutlaka, ama gene de, bu delilerin kafasında neler dönüyor, kim bilebilirdi ki? Genç adamın söylediği tek doğru şey korkuyla ilgili olandı. Bu olay ânında Villete'e yayılacak, herkes çabucak sakinleşecekti.

"Daha yatmayacaktın," dedi adamlardan biri.

Eduard hemen kalktı. Yatağın üstüne lastikten bir örtü yaydılar.

"Şimdi uzanabilirsin."

Eduard denileni yaptı. Son derece sakindi, sanki bütün bu olanlar günlük hayatın bir parçasıydı.

Hastabakıcılar uzun bez parçalarını Eduard'ın gövdesinin çeşitli yerlerini bağladılar, ağzına da bir sünger parçası tıktılar.

"Yanlışlıkla dilini ısırmasın diye," dedi adamlardan biri Veronika'ya, teknik bir bilgiyle bir uyarıyı aynı cümleye sığdırmanın kıvancıyla.

Aşağı yukarı bir ayakkabı kutusu büyüklüğünde, üstünde birkaç düğme ve üç kadran olan o tuhaf makineyi yatağın yanındaki bir iskemlenin üstüne koydular. Üstünden iki tel çıkıyordu, bunlar, walkman kulaklığına benzer bir şeylere bağlıydılar.

Hastabakıcılardan biri bu 'kulaklık'ları Eduard'ın şakaklarına yerleştirdi. Öteki adam makinenin düzeniyle uğraşıyor, kadranları bir sağa, bir sola çeviriyordu. Eduard ağzındaki süngerden dolayı konuşamıyordu, ama gözlerini Veronika'ya dikmiş, 'kaygılanma, korkma' der gibiydi.

Makineyle uğraşan adam, "130 volt, 0.3 saniyeye ayarladım," dedi. "Hadi yallah."

Bir düğmeye bastı, makine vızıldadı. O anda Eduard'ın gözleri kaydı, gövdesi yatağın üstünde öyle titreyip sarsıldı ki, bağlı olmasa mutlaka bel kemiği kırılırdı.

"Yapmayın!" diye haykırdı Veronika.

"Tamam, bitti," dedi hastabakıcı, Eduard'ın şakaklarından 'kulaklık'ları çekerek. Gene de Eduard'ın gövdesi kıvranıyor, başı bir yandan bir yana öyle şiddetle yuvarlanıyordu ki, adamlardan biri onu tutmak zorunda kaldı. Öteki hastabakıcı makineyi bir çantaya yerleştirdi, oturup bir sigara yaktı.

Olay birkaç saniye sürmüştü. Eduard'ın bedeni normalleşir gibi oldu, ama sonra sarsıntılar yeniden başladı, hastabakıcı genç adamın başını tutmak için iyice zorlandı. Bir süre sonra kasılmalar iyice azaldı, sonunda kesildi. Eduard'ın gözleri faltaşı gibi açıktı, hastabakıcılardan biri, bir ölünün gözlerini kaparcasına onun gözkapaklarını indirdi.

Sonra süngeri Eduard'ın ağzından aldı, bağcıkları çözüp kumaş parçalarını çantaya tıktı.

"Elektroşokun etkileri bir saat kadar sürer," dedi, haykırmayı kesmiş, büyülenmiş gibi aptal aptal bakan kıza. "Merak edilecek bir şey yok. Yakında normalleşecek, çok daha sakin olacak."

Elektrik dalgaları gövdesine dalar dalmaz, Eduard daha önce de yaşadığı duygulara bıraktı kendini: normal görüş alanı yavaş yavaş, sanki biri bir perde çekiyormuş gibi kısıtlandı ve sonunda her şey karanlığa gömüldü. Hiçbir ağrı, sancı, acı duymuyordu, ama elektroşok tedavisinin başkaları üstünde yarattığı etkiyi biliyordu: dışarıdan korkunç görünüyordu.

Eduard artık huzur içindeydi. Birkaç saniye önce kalbinde yeni yeni kıpırtılar hissettiyse, aşk denilen şeyin daha önce kendisine sunulan hiçbir şeye benzemediğini anlamaya başladıysa, elektroşok tedavisi –ya da uzmanların yeğlediği terimle elektroconvalsiv terapi (ECT)– bu sapmaları silip süpürmek, onu normale döndürmek için birebirdi.

ECT'nin en belli başlı etkisi kısa-süreli belleği silmesiydi. Eduard kendini imkânsız düşlere kaptırmayacaktı böylece. Var olmayan bir geleceğe umutla bakmaktan vazgeçecekti. Düşünceleri hep geçmişe dönük kalmalıydı ki yaşama dönmek gibi isteklere kapılmasın.

Bir saat sonra Zedka içeri girdiğinde, koğuş, bir yatakta yatan genç adam ve yanı başındaki iskemlede oturan genç kadın dışında, bomboştu.

Yaklaştığında genç kadının kusmuş olduğunu, başının sağa doğru sarktığını fark etti.

Zedka yardım çağırmak için dönmüştü ki Veronika başını kaldırdı.

"Kaygılanacak bir şey yok," dedi. "Bir kriz daha geçirdim, ama geçti."

Zedka onun ayağa kalkmasına yardım ederek tuvalete götürdü.

"Burası erkekler tuvaleti," dedi Veronika. "Fark etmez, kimseler yok nasıl olsa."

Kadın Veronika'nın pislenmiş kazağını çıkardı, yıkadı, kurusun diye radyatörün üstüne serdi. Derken kendi yün kazağını çıkardı, kıza verdi.

"Sende kalsın. Veda etmeye gelmiştim."

Kız, uzak, dalgın, yaşamla ilgisini tümüyle kesmiş bir havadaydı. Zedka onu demin oturduğu iskemleye geri götürdü.

"Eduard birazdan uyanır. Neler olduğunu hatırlamakta güçlük çekebilir, ama belleği çok geçmeden geri gelecektir. İlk başta seni tanımazsa korkma."

"Korkmam," dedi Veronika, "çünkü ben bile kendimi tanımakta güçlük çekiyorum."

Zedka da bir iskemle çekip yanına oturdu. Villete'te o kadar uzun süre geçirmişti ki, birkaç dakika daha oturup Veronika'yı yalnız bırakmamak önemsiz bir gecikme sayılırdı.

"İlk tanıştığımız günü hatırlıyor musun? Sana bir öykü anlatmıştım, dünyanın yalnızca bizim gördüğümüzden ibaret olduğunu açıklamaya çalışıyordum. Herkes kralı deli sanmıştı, çünkü insanların artık kafasında yeri olmayan bir düzeni empoze etmeye çalışıyordu. Ancak, dünyada bazı şeyler var ki, nereden ve nasıl bakarsak bakalım herkes için geçerlidir. Örnekse, aşk."

Zedka genç kızın gözlerinde bir değişim görür gibi oldu. Devam etti:

"Bana sorarsan, ölümüne çok az süre kalmış biri o azıcık süreyi uyuyan bir adamın başucunda geçirmeye karar vermişse, buna aşktan başka bir açıklama getirilemez. Hele de o kişi bu arada bir kalp krizi geçirir, ama adamın yanından uzaklaşmamak için yerinden kıpırdamazsa, bence bu aşkın gelişerek, büyüyerek, çok uzun yıllar devam etme olasılığı yüksektir."

"Umutsuzluk da olabilir," dedi Veronika. "Belki de bu dünyada insanın son soluğuna kadar savaşmasının anlamsızlığını kabullenmektir. Başka bir dünyada yaşayan birine âşık olamam ki."

"Hepimiz kendi dünyamızda yaşıyoruz. Ama yıldızlı bir gecede gökyüzüne bakarsan, oradaki binlerce dünyanın birleşerek takımyıldızlar, güneş sistemleri, gezegen toplulukları kurduklarını görürsün."

Veronika yerinden kalktı, Eduard'ın üstüne eğilerek, saçlarını derin bir sevecenlikle okşadı. Yanında konuşacak biri olduğundan hoşnuttu.

"Çok eskiden, daha ben çocukken, annem bana zorla piyano dersleri aldırıyordu. O zamanlar, ancak bir gün âşık olursam gerçekten iyi çalabileceğime inanmıştım. Dün gece, hayatımda ilk kez parmaklarımdan notaların sanki kendiliğinden fışkırdıklarını, yaptığım işin benim denetimim dışında olduğunu hissettim.

"Beni sürükleyen bir güç vardı, çalmasını bildiğimden bile haberim olmayan melodileri, armonileri o biçimlendiriyordu sanki. Kendimi piyanoya tümüyle teslim ettim, çünkü biraz önce kendimi bu adama, kılıma bile dokunmasına gerek kalmadan, tümüyle vermiştim. Dün gece kendimde değildim, ne olmadık cinsel zevklere daldığımda, ne de piyano çaldığımda. Ama bir yandan da sanıyorum *kendimdim*." Veronika başını iki yana salladı. "Bu söylediklerim anlamsız, saçma..."

Zedka havalarda uçtuğunda, o farklı boyutta uçuşan varlıklarla karşılaşmalarını hatırladı. Bunları Veronika'ya anlatmak isterdi, ama kızın kafasını daha da karıştıracağından korktu.

"Yakında öleceğini bir kez daha yinelemeden önce sana bir şey söyleyeceğim. Senin dün gece yaşadıklarını yakalamak için ömür boyu çabalayan insanlar vardır, ama işte o âna ulaşamazlar. Oysa sen, düşün, şu an ölecek olsan bile, kalbin aşkla dolu olarak gideceksin."

Zedka ayağa kalktı.

"Kaybedecek hiçbir şeyin yok. Pek çok insan sırf bu yüzden aşktan kaçar, çünkü tehlikede olan çok şey vardır, bir sürü gelecek, bir sürü geçmiş. Senin durumunda ise yalnızca şimdi var."

Uzanıp Veronika'yı öptü.

"Burada biraz daha kalırsam hiç gidemeyeceğim. Depresyonumdan kurtuldum. Ama Villete'te öğrendim ki deliliğin bin türlüsü var. Bunları da yanımda götürmek, hayatı kendi gözlerimle görmeye başlamak istiyorum. Buraya geldiğimde depresyon çekiyordum. Şimdi gururla açıklıyorum ki deliyim. Dışarıda tıpatıp herkes gibi davranacağım. Süpermarketten alışveriş yapacağım, eş dost ile önemsiz konularda çene yarıştıracağım, televizyon seyrederek değerli zamanlar harcayacağım. Ama bileceğim ki ruhum özgürdür, hayaller kurabilirim, buraya gelinceye dek varlığından bile habersiz olduğum başka dünyalarla iletişime geçebilirim. Arada budalaca şeyler yapacağım ki herkes 'Villete'ten yeni çıktı ya!' diyebilsin. Ama ben, ruhumun bütünlüğünde huzur bulacağım, çünkü yaşamımın bir anlamı olacak. Günbatımına bakıp bunun Tanrı'nın işi olduğuna inanabileceğim. Birisi tepemi attırdığında ona ağzıma geleni söyleyecek, elâlem ne der diye düşünmeyeceğim, çünkü elâlemin ne diyeceğini biliyorum: 'Villete'ten yeni çıktı ya!' Sokakta yürürken erkeklerin ta gözünün içine bakacağım, arzulandığım için suçluluk duygularına kapılmayacağım. Ama, hemen sonra, ithal mallar satan bir dükkâna girip paramın yettiği en iyi şarapları satın alacağım ve şarabı çok sevdiğim kocamla karşılıklı içeceğim, çünkü onunla birlikte kahkahalar atmak istiyorum.

"Kocam, kahkahayı koyverecek ve 'Delisin sen!' diyecek. Ben de güleceğim; 'Elbette deliyim, onca zaman Villete'te kaldım, unutma,' diyeceğim. 'Ve delilik beni özgürleştirdi. Bundan böyle, sevgili kocacığım, her yıl tatile çıkacağız ve sen tehlikeli dağlara tırmanmaya zorlamalısın beni, çünkü yaşama riskini göze almak istiyorum.'

"Tabii, herkes ne diyecek? 'Villete'ten yeni çıktı ya, kocasını da delirtecek.' O da bunun çok doğru olduğunu kavrayacak ve evliliğimizin yeniden başlamasından dolayı, ikimizin de aşkı ilk icat edenler gibi deli olmamızdan dolayı Tanrı'ya şükredecek."

Zedka koğuştan çıkarken Veronika'nın hiç bilmediği bir ezgiyi mırıldanıyordu.

Gün yorucu, ama çok verimli geçmişti. Dr. Igor bir bilim adamının soğukkanlı kayıtsızlığını sürdürmeye çalışıyor, ama heyecanını denetlemekte büyük zorluk çekiyordu. Vitriol zehirlenmesini tedavi için yürüttüğü deneyler çok şaşırtıcı sonuçlar vermekteydi.

Kapıyı çalmadan odasına dalan Mari'ye, "Bugün randevunuz yok," dedi.

"Fazla uzun sürmeyecek. Bir konuda fikrinizi sormak istiyorum."

'Bugün de herkes fikrimi almaya meraklı,' diye içinden geçirdi Dr. Igor, genç kızın cinsellik konusunda sorduğu soruyu hatırlayarak.

"Eduard'a elektroşok tedavisi yaptılar biraz önce."

"Lütfen doğru adıyla söyleyin: Elektroconvalsiv terapi diyoruz. Yoksa bizleri barbar yerine koyarlar." Dr. Igor böylece şaşkınlığını saklamaya çalışmıştı, ama daha sonra kendisinden habersiz bu kararı kimin verdiğini araştırmayacak değildi. "Ayrıca, bu konuda fikrimi öğrenmek istiyorsunuz madem, ECT günümüzde eskiden kullanıldığı gibi kullanılmıyor."

"Ama tehlikeli."

"Çok tehlikeliydi. Tam olarak hangi voltajın kullanılacağı, elektrotların nerelere yerleştirileceği bilinmediğinden, tedavi sırasında beyin kanamasından çok ölen olmuştur. Ancak bunlar geçmişte kaldı: günümüzde ECT uygulaması teknik açıdan kusursuzlaştı, ayrıca ânında belleği silmek gibi avantajı var ki, sürekli ilaç uygulamasının yarattığı kimyasal zehirlenmeyi ortadan kaldırıyor. Psikiyatri dergilerine bir göz atın, böylece Güney Amerikalı işkencecilerin kullandığı elektroşok ile ECT'nin en ufak bir benzerliği olmadığını anlarsınız. Oldu mu? Fikrimi öğrendiniz. Şimdi yapacak çok işim var."

Mari kıpırdamadı.

"Fikrinizi sormak istediğim konu başka. Buradan ayrılıp ayrılamayacağımı öğrenmek istiyorum."

"İstediğiniz anda çıkar gider, istediğinizde geri gelirsiniz. Çünkü kocanızın sizi böyle pahalı bir yerde tutacak kadar parası var. Belki de tedavim tamamlandı mı, iyileştim mi, diye sormanız gerekirdi. Yanıtım bir başka soru olacaktır. Ne tedavisi, ne iyileşmesi? Diyeceksiniz ki: korkularım, panik ataklarım... Ben de diyeceğim ki, aslında Mari, son üç yıldır bir tek panik atağı yaşamadınız."

"Demek ki iyileştim."

"Ne ilgisi var! Hastalığınızın onlarla ilgisi yoktu zaten. Slovenya Bilim Akademisi'ne sunmak üzere hazırladığım tezde (Dr. Igor Vitriol konusunda ayrıntılara girmek istemiyordu) 'normal' sayılan insan davranışlarını inceliyorum. Benden önce pek çok hekim benzer araştırmalar yapmışlar, aynı sonuca varmışlar: normallik fikir birliğinden başka bir şey değildir. Yani, çoğunluk bir şeyin doğru olduğunu düşünür, dolayısıyla o şey doğru –normal– olur.

"Bazı şeyleri sağduyu belirler: bir gömleğin düğmelerini öne dikmek mantık işidir, çünkü bunları yandan iliklemek çok zor, arkadan iliklemek ise imkânsızdır.

"Oysa bazı şeyler vardır ki, sırf insanların çoğunluğu öyle olmaları gerektiğine inandığı için yerleşir, normlaşırlar. İki örnek vereceğim size. Yazı makinesinin tuşlarının neden bildiğimiz sırada düzenlediğini hiç merak ettiniz mi?"

"Hayır."

"İlk sıradaki harflerin düzenine göre adlandırıyoruz klavyeleri: QWERTY. Klavyenin neden alfabetik sıraya göre değil de, her dilde farklı farklı dizildiğinin gerekçesini merak edip araştırdım. İlk yazı makinesi 1873 yılında Chistoper Scholes tarafından, el yazısının güçlük ve yavaşlığını telafi etmek üzere icat edilmiş. Ama ortaya bir sorun çıkmış hemen; makinede çok hızlı yazıldığında çubuklar birbirine karışıyor, makine de çalışmıyormuş. Bunu üzerine Scholes QWERTY klavyesini icat etmiş. *Yazı makinelerinin daha yavaş yazmalarını sağlayan bir klavye.*"

"İnanmıyorum."

"Gerçek bu. Remington firması –ki o zamana değin dikiş makinesi üretiyormuş– yazı makinesi üretmeye karar verdiklerinde bu klavyeyi kullanmışlar: QWERTY. Bunun sonucunda insanlar bu klavyeyi öğrenmek zorunda kalmışlar, bunun üzerine öteki firmalar da aynı klavyeyi üretmek durumuna düşmüşler, bir dönem piyasada başka hiçbir model bulunamaz olmuş. Tekrarlamak gerekirse: yazı makinesi ve bilgisayar klavyeleri, kullanıcılar daha hızlı değil, daha yavaş yazsınlar diye ayarlanmış. Anladınız mı? Şimdi bu klavye düzenini bozmaya kalksanız, malınızı kimseye satamazsınız."

Yazı makinesi klavyesini ilk gördüğünde Mari de şaşırmış, harflerin neden alfabetik düzende olmadığını merak etmişti, ama hiç üstünde durmamıştı. Yazı makinesinin daha hızlı yazılmasını sağlayan bir düzen olduğuna, belki de hiç düşünmeden, inanmıştı.

"Hiç Floransa'da bulundunuz mu?" diye sordu Dr. Igor.

"Hayır."

"Gitmelisiniz, buraya uzak değil. İkinci örneğimi oradan vereceğim. Floransa'daki katedralde 1443 yılında Paolo Ucello tarafından tasarlanmış çok güzel bir saat var. Şimdi, bu saatin özelliği şu: bütün öteki saatler gibi zamanı ölçüyor, ama akrep ile yelkovanı normal saatlerin aksi yönde dönüyor."

"Bunun benim hastalığımla ne ilgisi var?"

"Şimdi ona geliyorum. Paolo Ucello bu saati yaptığında farklı olma çabasında değilmiş. Aslına bakarsanız o dönemde, her iki yönde de dönen saatler varmış, yani şimdi bildiğimiz saatler de varmış, kullanılıyormuş. Hiç bilinmeyen bir nedenle, belki de dükün evindeki saat bizim şimdilerde 'doğru' bellediğimiz yönde döndüğünden, artık tek yön o kabul edilmiş ve Ucello'nun tasarladığı saat bir anormallik, hatta delilik örneği sayılmış."

Dr. Igor kısa bir süre sustu, ama Mari'nin onu anlamaya başladığını biliyordu.

"Evçeet, şimdi gelelim hastalığınıza. Her insan tektir, her burnun kendi özellikleri, içgüdüleri, farklı beğenileri, istekleri, serüven biçimleri vardır. Ancak, toplum her zaman belirli davranış kurallarını herkese empoze etme eğilimindedir, tek tek insanlar ise neden bu kurallara uymak zorunda olduklarını merak etmezler. Bunları kabullenirler, tıpkı yazı makinesi kullananların belirli bir klavyeyi en doğrusudur sanarak benimsedikleri gibi: QWERTY. Saatin yönünü sorgulayan biriyle karşılaştınız mı hiç?"

"Hayır."

"Biri böyle bir şey yapacak olsa, alacağı karşılık 'deli midir, nedir' olacaktır. Kişi ısrarlı davranırsa bir neden uydurulacaktır kuşkusuz, ama konuyu değiştirmeye bakacaktır herkes, çünkü size demin açıkladığımdan başka bir neden yoktur. Şimdiii, sorunuza dönecek olursak, neydi sorunuz?"

"İyileştim mi?"

"Hayır. Siz farklı bir insansınız, ama herkes gibi olmak istiyorsunuz. Bu da, bana kalırsa, ciddi bir hastalıktır."

"Farklı olmayı istemek, bir hastalık mı?"

"Evet, kendinizi herkes gibi olmaya zorlarsanız, öyle. Nevrozlara, psikozlara, paranoyaya yol açar. Doğayı çarpıtmaktır bu, Tanrı'nın yasalarına karşı gelmektir; dünyanın bütün dağlarında, ormanlarında, bir tek yaprağı bile bir başkasının tıpkısı olarak yaratmamıştır Tanrı. Oysa siz farklı olmayı delilik sayıyorsunuz, onun için de Villete'te kalmayı yeğlediniz, çünkü burada herkes farklı ve böylece siz kendinizi herkes kadar normal görüyorsunuz. Dediklerimi anlıyor musunuz?"

Mari başını olumlu anlamda salladı.

"İnsanlar doğaya aykırı davranıyorlar, çünkü farklı olmaya cesaret edemiyorlar, o zaman da bünye Vitriol üretmeye başlıyor. Bu zehrin yaygın olarak bilinen adı Acılaşma'dır."

"Nedir yani?"

Dr. Igor biraz fazla ileri gittiğini fark ederek konuyu değiştirmeye karar verdi.

"Bu önemli değil. Yinelemek istediğim şu: tüm belirtiler sizin henüz iyileşmediğinizi gösteriyor."

Mari mahkeme salonlarında yıllarını tüketmişti, kazandığı deneyimleri hemen oracıkta uygulamaya karar verdi. İlk taktiği, karşısındakiyle aynı fikirdeymiş gibi görünerek, onu ânında başka bir tartışmaya sürüklemekti.

"Size katılıyorum. Buraya son derece somut bir nedenle geldim: panik atakları yaşıyordum. Burada kalmayı sürdürmemin nedeni ise çok soyut: işimi ve eşimi yitirmiş biri olarak, alışmadığım bir yaşam biçimini kabullenmeyi göze alamadım. Yepyeni bir yaşama başlayacak, farklı bir dünyaya alışmaya çalışacak gücü yitirmiştim, bu konuda çok haklısınız. Daha da ileri gidebilirim: bir akıl hastanesinde, elektroşoklara –pardon sizin yeğlediğimiz adıyla ECT'lere–, her adımın kesin saatlerle belirlenmesine, kimi hastaların arada bir attırdıkları isteri krizlerine karşın, kurallar, dış dünyanın, sizin de dediğiniz gibi herkesi aynı kalıba uydurmakta direnen *kurallara oranla daha yumuşak*.

"Ama bakınız, dün akşam bir şey oldu: bir kadının piyano çaldığını duydum. Fevkalade güzel çalıyordu, böylesini ömrümde pek az işitmiştim. Müziği dinlerken dinlerken, o sonatları, prelüdleri, adagioları besteleyenlerin ne acılar çekmiş olduklarını düşündüm: parçalarını çaldıklarında o dönemde müzik dünyasının efendilerinin koydukları kuralları yıktıkları için, ne biçim alay konusu olmuşlardı, kimbilir? Bir orkestrayı bir araya getirmek için göze aldıkları zorlukları, aşağılanmaları düşündüm sonra, bu tür armonilere alışık olmayan dinleyici kitlesinin yuhalamalarını.

"Gene de, bestecilerin çektikleri acılardan daha kötüsü neydi, biliyor musunuz? O kızcağız öleceğini bildiği için bu müzikleri tüm ruhunu vererek çalıyordu. Peki, ben de ölmeyecek miyim? Benim ruhum nerede? Kendi yaşamımın müziğini böylesi derin bir coşkuyla çalabilecek bir ruhum var mı?"

Dr. Igor hiç sesini çıkarmadan dinliyordu. Bütün kuramlarının meyve verdiğini görür gibiydi, gene de emin olmak için çok erkendi.

"Nerede benim ruhum?" diye sordu Mari. "Geçmişimde. Sürdürmeyi hayal ettiğim yaşamda. Ruhumu nerede bıraktım, biliyor musunuz? Güzel bir evim, iyi bir kocam ve işim olduğu ve bunlardan kurtulmak istediğim halde buna cesaret edemediğim yerde hapis bıraktım ruhumu.

"Ruhum geçmişte kalmıştı. Ama şimdi burada, bedenimin içinde hissediyorum onu, çünkü coşkuyla titriyorum. Ne yapacağımı bilmiyorum. Bildiğim tek şey, üç yıldır yaşamın beni gitmek istemediğim bir yöne itiliyor olduğu."

"Sanırım... galiba... iyileşme belirtileri görebiliyorum," dedi Dr. Igor.

"Villete'i terk etmek için izin istememe gerek yok. Şu kapıdan çıkar ve hiç geri dönmem, olur biter. Ama bütün bunları birine söylemem gerekiyordu, size söylüyorum: O gencecik kızın ölümü bana kendi yaşamımın anlamını gösterdi."

"Sizdeki iyileşme belirtileri mucizevi bir sonuca doğru gidiyor," dedi Dr. Igor gülerek. "Ne yapmayı düşünüyorsunuz?"

"El Salvador'a gidip oradaki çocuklara elimi uzatacağım."

"O kadar uzağa gitmeye de gerek yok. Saraybosna buradan iki yüz kilometre uzaklıkta. Savaş bitmiş olabilir, ama sorunlar sürüp gidiyor."

"Öyleyse oraya giderim."

Dr. Igor çekmecesinden bir form çıkarıp boşlukları dikkatle doldurdu. Sonra yerinden kalkıp Mari'yi kapıya kadar geçirdi.

"Bol şans," dedikten sonra hızla odasının kapısını kapayarak masasının başına döndü. Hastalarına karşı sevecenlik duyguları beslememeye çalışırdı hep, ama hiçbir zaman başaramazdı. Mari'yi özleyecek pek çok kişi kalacaktı Villete'te.

Eduard, gözlerini açtığında kız hâlâ başucundaydı. Elektroşok seanslarından sonra, ne olup bittiğini hatırlayabilmesi çok uzun zaman alıyordu; zaten bu tedavinin terapi olarak kullanılmasının esas amacı da bu değil miydi? Yapay koşullarla oluşturulan bellek yitimi, hastanın sorunlarından arınarak sakinleşmesini sağlıyordu.

Ancak, elektroşok uygulaması ne kadar sık yapılırsa, etkisi de o oranda azalıyordu. Eduard kızı hemen hatırladı.

"Baygınken 'Cennet Görüntüleri' gibisinden bir şeyler sayıkladın," dedi kız, adamın saçlarını okşayarak.

'Cennet Görüntüleri' mi? Evet, 'Cennet Görüntüleri'. Eduard ona baktı. Ona her şeyi anlatmak istedi.

Oysa tam o anda, elinde şırıngayla bir hastabakıcı içeri girdi.

"Size bu iğneyi yapmam gerek," dedi kadın. "Dr. Igor'un emri."

"Bugünkü iğnemi oldum, başka istemiyorum," dedi Veronika. "Ayrıca buradan gitmek gibi bir isteğim de yok. Herhangi bir emre, kurala uymayı reddediyorum. Beni hiçbir şeye zorlayamazsınız."

Hastabakıcı bu tür tepkilere alışık bir edayla, "O zaman korkarım size yatıştırıcı vermek zorunda kalacağız," dedi.

Eduard, "Seninle konuşmam gerek, bırak iğneyi yapsın," dedi.

Veronika kazağının kolunu sıvadı, hastabakıcı şırıngayı dayadı.

"Aferin, cici kız," dedi. "Bu kasvetli koğuşta oturacağınıza, bahçeye çıkıp hava alsanıza."

Bahçede birlikte yürürlerken, "Dün gece olanlardan dolayı utanıyorsun," dedi Eduard.

"Bir ara utanmıştım, evet, ama artık onur duyuyorum. Senin 'Cennet Görüntülerin neymiş, merak ediyorum, çünkü galiba ben de benzer şeyler gördüm."

"Daha ötelere, Villete'in duvarlarının ardına bakmam gerek,"

"Git bak o zaman."

Eduard arkasına baktı, ama binaların duvarlarına değil, bahçede sessiz sedasız yürüyüş yapanlar hastalara da değil... Yağmurun ya sağanak yağdığı ya da hiç yağmadığı bir başka kıtada yer alan bir sokağa bakıyordu.

O ülkenin kokusunu duyuyordu Eduard. Kurak mevsimdi; burnuna toz kokusu doluyor, bu da ona büyük keyif veriyordu, çünkü toprak kokusu yaşadığını duyuruyordu ona. İthal malı bir bisiklete binmişti, on yedi yaşındaydı, Brasilia'daki bütün diplomat çocuklarının gittiği Amerikan Koleji'ni yeni bitirmişti.

Brasilia'yı hiç sevmiyordu, ama Brezilyalılar'a bayılıyordu. İki yıl önce babası buraya Yugoslavya Büyükelçisi olarak atandığında, ülkenin iç savaşla bölüneceği kimsenin aklının ucundan bile geçmiyordu. Gene Miloseviç iktidardaydı, insanlar farklılıklarını bilerek, ama etnik çatışmalardan uzak durup bir uyum sağlamak çabasındaydılar.

Babası Brezilya'ya atandığında Eduard uçsuz bucaksız plajlar, karnavallar, futbol ve müzik hayalleri kurmuştu; ne yazık ki ülkenin başkentinde oturmak zorundaydılar: kıyıdan uzak, yalnızca politikacıları, bürokratları ve diplomatları barındırmak için kurulmuş bir kentti burası. Ve tabii, diplomat çocukları, bunların arasında ne yapacaklarını bilmez durumdaydılar.

Eduard orada yaşamaktan nefret ediyordu. Ders çalışmaktan başka hemen hiçbir şey yapmıyor, okul arkadaşlarıyla ilişki kurmaya çalışsa da beceremiyor, arabalara, son moda spor ayakkabılara, imzalı markalara ilgi duymaya çalışsa da başaramıyordu.

Arada bir partilere katılıyordu: erkekler salonun bir tarafında kafa çekerlerken, kızlar salonun öteki tarafında sanki aldırmıyormuş gibi yaparlardı. Uyuşturucu boldu. Hemen her çeşidini denemişti Eduard, ama hiçbiri sarmamıştı; ya çok fazla ajite oluyor ya da uykusu geliyordu, çevresinde olan bitenle ilgisi hemen kesiliveriyordu.

Ailesi kaygılanıyordu. Onu babasının mesleğine hazırlamak zorundaydılar. Gerçi, Eduard'da gereken yetilerin hemen hepsi vardı, okumayı seviyordu, iyi bir sanat anlayışı vardı, çok kolay dil öğreniyor, politikayla ilgileniyordu, ama bir diplomat için en önemli niteliği eksikti: İnsanlarla konuşmakta zorlanıyordu.

Ana-babası onu partilere götürüyorlar, bol harçlık veriyorlar, arkadaşlarını eve davet edebileceğini sık sık söylüyorlardı, ama çocuk çok ender olarak birini getiriyordu. Bir seferinde annesi neden hiçbir arkadaşını öğle ya da akşam yemeğine getirmediğini sormuş, şu yanıtı almıştı:

"Bütün spor ayakkabı modellerini biliyorum, kolay yatan kızların adlarını da biliyorum, başka konuşacak konu da yok."

Derken Brezilyalı bir kız çıktı piyasaya. Oğulları bu kızla gezmeye, geceleri geç gelmeye başladığında Büyükelçi ile karısı biraz rahatladılar. Kimin nesi olduğunu kimse bilmiyordu, ama bir akşam Eduard onu yemeğe getirdi. Besbelli iyi terbiye görmüş bir kızdı, ana-babanın içi iyice rahat etti; oğlan sonunda insan ilişkileri konusunda ilerleme göstermeye başlamıştı. Üstelik, her ikisinin de başka bir konuda içlerine su serpilmişti –tabii bunu birbirlerine açmadılar– kızla ilgilendiğine göre Eduard eşcinsel değildi.

Maria'ya (kızın adı buydu) çok iyi, sanki müstakbel gelinmiş gibi davranıyorlardı; tabii her ikisi de iki yıl sonra başka bir ülkeye gönderileceklerini çok iyi biliyorlardı ve oğullarını böyle egzotik bir ülke yurttaşıyla evlendirmeye hiç niyetleri yoktu. Onların planlarına göre Eduard, Fransa ya da Almanya'da iyi aileden bir kızla tanışacak, babasının oğluna hazırladığı parlak diplomatik kariyerde ilerlemesine yardımcı olacak biriyse onunla evlendirilecekti.

Oysa Eduard bu kıza her gün biraz daha âşık oluyor gibiydi. Annesi kaygılanıyordu, konuyu kocasına açtı.

Büyükelçi şöyle dedi: "Diplomasi, karşındakini beklemede tutma sanatıdır. İlk aşklar belki hiç unutulmaz, ama mutlaka sona erer."

Ancak, Eduard iyice değişmiş görünüyordu. Eve tuhaf tuhaf kitaplar getirmeye başladı, odasında bir piramit yaptı; Maria ile birlikte her akşam tütsüler yakıyor, duvara astıkları tuhaf bir resme saatler boyu gözlerini ayırmadan bakıyorlardı. Okulda Eduard'ın notları düşmeye başlamıştı.

Annesi Portekizce bilmiyordu, ama kitapların kapak resimlerinden bir şeyler anlıyordu: haçlar, ateşe verilmiş yerler, asılmış cadılar, egzotik birtakım simgeler.

"Oğlumuz tehlikeli birtakım şeyler okuyor."

"Tehlikeli mi? Asıl tehlike Balkanlar'da," dedi Büyükelçi. "Slovenya'nın bağımsızlık heveslerine kapıldığı söylentileri var, bir savaş bile çıkabilir."

Annenin politikaya aldırdığı yoktu, aklı fikri oğlundaydı.

"Deliler gibi tütsü yakıyor, her gün, sabah akşam..."

"Marihuana kokusunu silmek için," dedi Büyükelçi. "Oğlumuz çok iyi bir eğitim aldı, o kokulu çöplerin sayesinde ruhlarla ilişkiye gireceğini aklına getirmeyecek kadar akıllıdır."

"Neee? Daha da kötüsü, uyuşturucu mu alıyor oğlum?"

"Olur böyle şeyler. Gençliğimde ben de marihuana içmiştim. Yakında bıkar; ben bıkmıştım."

Kadıncağız rahatladı, hatta gururlandı. Kocası görmüş geçirmiş bir adamdı. Uyuşturucu dünyasına bile girmiş, yara almadan çıkmıştı. Böylesine güçlü biri herhangi bir durumda kontrolünü kaybetmezdi.

Günün birinde Eduard bisiklet istediğini söyledi.

"Mercedes arabamız, hem de şoförümüz var. Bisikleti ne yapacaksın?"

"Doğa ile daha yakın ilişki içinde olacağım. Maria ile birlikte on günlük bir yolculuğa çıkacağız," dedi çocuk. "Büyük kristal birikimleri olan bir yer var, oraya gideceğiz. Maria orada müthiş pozitif enerji olduğunu söylüyor."

Anne de baba da komünist rejim altında yetişmişlerdi: kristal dediğin belirli atomlardan oluşmuş bir mineraldi ve olumlu ya da olumsuz herhangi bir enerji kaynağı değildi bildikleri kadarıyla. Biraz araştırma yaptılar, 'kristal titreşimleri' üstüne birtakım düşüncelerin son moda olduğunu öğrendiler.

Oğulları resmi toplantılarda bu gibi şeyler hakkında fikirlerini açıklamaya kalkacak olursa, birtakım insanların önünde gülünç duruma düşebilirdi. Büyükelçi, ilk kez durumun ciddiyet kazanmaya başladığını kabul etti. Brasilia, dedikoduların canlı ve heyecanlı tutulduğu bir kentti; elçilikteki rakipleri Eduard'ın bu tür ilkel inançlara kapıldığını duyacak olsalar, çocuğun bunları ana-babadan öğrendiğini sanabilirlerdi. Oysa diplomasi, bekleme sanatı olmanın yanı sıra, koşullar ne olursa olsun, normallik görünümünün mutlaka sürdürülmesi sanatıydı.

"Bu böyle süremez, oğlum," dedi baba. "Yugoslavya Dışişleri'nde çok yakın dostlarım var. Seninse önünde parlak bir diploması kariyerin var, ama gerçeklerle yüzleşmeyi öğrenmek zorundasın."

Eduard evden çıktı ve o gece dönmedi. Ana-babası Maria'nın evini, kentteki tüm hastane ve morgları aradılar, ama boşuna. Annenin kocasına olan güveni sarsıldı; yabancılarla pazarlıklar yürütmekte ne kadar başarılı olursa olsun, aile reisi olarak pek yetenekli değildi galiba.

Eduard ertesi gün aç ve uykusuz geri geldi. Bir şeyler yedi, odasına gitti, tütsü çöplerini yaktı, mantralarını[1] söyledi, yattı, ertesi sabaha kadar uyudu. Uyandığında onu yepyeni bir bisiklet bekliyordu.

"Git, kristal mi göreceksin, ne göreceksen gör," dedi annesi. "Ben babanı idare ederim."

Öğleden sonra, kurak kentin tozlu sokaklarında, mutluluktan uçan bir Eduard, Maria'nın evine doğru pedal çeviriyordu. Kent o kadar iyi planlanmıştı ki (mimarın fikrine göre) ya da öyle kötü planlanmıştı ki (Eduard'ın fikrine göre) hemen hemen hiç köşe yoktu. Dümdüz ve geniş bir caddede son hızla ilerliyor, gökyüzündeki yağmursuz bulutlara bakıyordu. Derken gerçekten uçmaya başladığını, gökyüzüne yaklaştığını hissetti, ama bir saniye sonra aynı hızla yere düşerek asfalta çakıldı: GÜMM!

"Kaza geçiriyorum."

Yüzü asfalta yapışmış gibiydi, sırtüstü dönmeye çalıştı ve gövdesini kontrol edemediğini fark etti. Arabaların fren seslerini, korkmuş insan seslerini duyuyordu. Biri yanına yaklaştı, ona dokundu, derken bir başkası bağırdı: "Kıpırdatmayın, yerinden kımıldarsa ömür boyu sakat kalabilir!"

Saniyeler çok ağır geçiyordu, Eduard korkmaya başladı. Ana-babasının tersine Tanrı'ya ve ölümden sonraki yaşama inanıyordu, gene de daha on yedi yaşınday-

---

[1] Hinduizm ve Budizm'de tinsel bir gücü olduğu düşünülen kutsal hece ya da tümce. (Yay.)

ken, yabancı bir ülkede, burnu asfalta gömülü ölmek ona çok büyük bir haksızlıkmış gibi geldi.

"İyi misiniz?" dedi biri.

Hayır, iyi değildi, yerinden kıpırdayamıyordu, ama konuşamıyordu da. İşin en kötü yanı, bilincinin yerinde olmasıydı, başına gelenin ne olduğunu çok iyi anlamıştı. Neden bayılmamıştı ki? Tam da Tanrı'ya yakınlaşmak için onca çaba harcadığı sırada, Tanrı ona acımıyordu.

"Doktorlar geliyor," diye fısıldadı biri kulağına, bir elini de sıkı sıkı tutarak. "Beni işitebiliyor musun, bilmiyorum ama sakin ol. Ciddi bir şey yok."

Evet, işitebiliyordu ve onunla konuşan kişinin –bir erkek– konuşmayı sürdürmesini, ciddi bir şey olmadığını yinelemesini istiyordu. Ama tabii, ancak en ciddi durumlarda söylenirdi bu söz. Maria'yı düşündü, dağlarında pozitif enerjiyle yüklü kristaller bulunan o beldeyi düşündü... Brasilia'nın tam tersi olmalıydı orası; burada, yaptığı meditasyonlarda ömründe karşılaşmadığı oranda yoğun bir negatiflik vardı çünkü.

Saniyeler dakikalara dönüşüyor, çevresindeki insanlar çoğalıyordu ve ilk kez acı duymaya başladı. Başının ortasından başlayıp tüm gövdesine dağılan keskin bir sancı...

"Geldiler," dedi elini tutan adam. "Yarın gene bisiklet üstünde olacaksın."

Oysa, ertesi gün Eduard hastanede yatıyor, her iki bacağı ve tek kolu alçıya alınmış bulunuyordu. En az bir ay kalması gerekecekti. Bu arada hiç durmadan ağlayan annesini, babasının telaşlı telefon konuşmalarını, hekimin her beş dakikada bir tekrarladığı 'Kritik yirmi dört saat geçmiştir, beyinde hasar yoktur,' gibisinden sözlerini dinlemek zorundaydı.

Aile Amerikan Büyükelçiliği'yle temas kurdu. Onlar hiçbir zaman devlet hastanelerine güvenmediklerinden, kendi diplomatları için özel acil servisleri, bir Amerikalı'yı bile tedavi edecek güçte olduğunu kabul ettikleri Brezilyalı doktorların listesine sahiptiler. Arada bir 'iyi komşuluk politikası' çerçevesinde başka ülkelerin diplomatlarını da bu hizmetlerden yararlandırırlardı.

Amerikalılar kendi alengirli alet edevatlarıyla geldiler, bir sürü test de onlar yaptılar ve her zaman vardıkları sonuca vardılar. devlet hastanesinin hekimleri yaraları doğru tespit etmiş, gerekli önlemleri almış, doğru tedaviyi uygulamaktaydılar.

Devlet hastanesinin hekimleri iyi olabilirdi, ama Brezilya televizyonunun programları dünyanın her yerinde olduğu gibi berbattı, Eduard'ın ise oyalanacak pek bir şeyi yoktu. Maria'nın ziyaretlerinin arası açıldıkça açıldı; belki de birlikte kristal dağlara gidebileceği başka birini bulmuştu.

Sevgilisinin tutarsız davranışlarının aksine anne-babası onu her gün ziyaret ediyorlardı, ama evden istediği Portekizce kitapları getirmemekte direniyorlar, bahane olarak babasının yakında başka bir göreve atanacağını, artık Portekizce öğrenmesine gerek kalmadığını öne sürüyorlardı. Bu yüzden Eduard öteki hastalarla konuşmakla, hemşirelerle futbol sonuçlarını tartışmakla, eline geçirdiği her dergiyi başından sonuna okumakla yetinmek zorundaydı.

Derken bir gün, hemşirelerden biri kendisine armağan edilen, ama çok kalın olduğu için okuyamayacağını düşündüğü bir kitap getirdi. O kitap Eduard'ın hayatının yönünü değiştirdi. Onu yıllarca kendi yaşındaki gençlerin yaşamından çok çok uzaklaştıracak, sonu Villete'e ve gerçeklikten kopuşa varacak bir yola sürükleyen bu kitap olacaktı.

Kitap, derin düşünceleri, sezgileri, esinleri olan, dünyayı sarsmış, dünya cenneti üstüne özgün görüşleri olan, yaşamlarını, düşüncelerini öbür insanlarla paylaşmaya adamış insanlar hakkındaydı. İsa Peygamber de vardı bu insanların arasında, insanın maymundan türediğini savunan Darwin de; sonra, düşlerin önemini keşfeden Freud; kraliçenin mücevherlerini rehine koyarak yeni dünyalar keşfetmeye giden Kristof Kolomb; herkesin eşit fırsatlara sahip olması gerektiğine inanan Marx...

Sonra azizler de vardı; örneğin, Ignatius Loyola –pek çok kadınla düşüp kalktıktan, pek çok savaşta sayısız düşmanı öldürüp Pamplona'da yaralandıktan sonra tedavi edildiği yerde yepyeni bir dünya görüşü kazanarak ermişler katına yükselen Basklı bir asker–... Tanrı'ya ulaşmanın yollarını ararken bir gün, bir koridorda yürüdüğü sırada duvardaki bir tabloya bakmak için durduğunda, yani hiç beklemediği bir sırada yolu bulan Avilalı Teresa... Yaşadığı hayattan bıktığı için çölde inzivaya çekilen, orada on yıl boyunca şeytanlarla ve akla gelebilecek her türlü günah çağrısıyla boğuşan Anthony... Kendisi gibi bir genç olan, kuşlarla konuşmayı aklına koyduğu için ailenin her türlü imkân ve isteğine sırt çeviren Assisili Francis...

Yapacak başka işi olmadığı için kalın kitabı hemen okumaya başlamıştı. Gece yarısı bir hemşire geldi ve bir isteği olup olmadığını sordu, koca hastanede ışığı yanan tek oda Eduard'ınkiydi çünkü. Çocuk, okuduğu kitaptan başını bile kaldırmaksızın, eliyle 'hayır' işareti yaparak gönderdi onu.

Dünyayı sarsan insanlar sıradan erkekler ve kadınlardı, tıpkı kendisi, babası, kaybetmekte olduğu sevgilisi gibi. Günlük yaşamlarında bütün insanların yaşadığı sorunlarla, kuşkularla, kaygılarla boğuşmuşlardı. Din ile, Tanrı ile, kafalarını geliştirmek ya da daha üstün bir bilinç düzeyine ulaşmak gibi şeylerle özel bir ilgileri de yoktu. Kitabın en ilginç yanı şuydu: bu insanların her birinin, yaşamlarının belli bir döneminde büyülü bir an yaşadıklarını, o andan sonra kendi cennet arayışlarına daldıklarını anlatıyordu.

Bu insanlar yaşamlarının öyle ya da böyle geçmesine izin vermemişler, isteklerine ulaşabilmek için dilenmeyi ya da krallara yalvarmayı göze almışlar, ister diplomasi, ister şiddet kullanmışlar, yasaları hiç saymış, iktidar güçlerine karşı gelmişler, ama hiçbir zaman ülkülerinden vazgeçmemişler, her türlü zorluk karşısında direnmeyi, çıkış yolu bulmayı başarmışlardı.

Ertesi gün, Eduard kendisine kitabı getiren hemşireye altın saatini vererek satmasını, parasıyla aynı konuda ne kadar kitap bulabilirse almasını söyledi. Ama başka bu tür kitap yokmuş. Bunun üzerine kitapta sözü geçen kişilerden bazılarının biyografilerini okumayı denedi, ama anlayış ve anlatım farkı vardı. Biyografilerde bu kişiler olağan, bildik, sesini duyurmak için herkes gibi çabalaması gereken insanlar gibi değil, daha baştan üstünlükleri belirlenmiş olağanüstü esinleri olan kişiler olarak anlatılıyordu.

Gene de okudukları Eduard'ı o kadar etkilemişti ki, bir aziz olmayı, geçirdiği kazayı ise yaşamının yönünü değiştiren olay olarak kullanmayı ciddi ciddi düşündü. Ancak, iki kırık bacakla yattığı hastanede herhangi bir büyülü an yaşamadı. Ne onu ruhunun en derinliklerine kadar sarsan bir tablo gördü, ne de Brezilya yaylalarının ortasında ona kilise yapacak arkadaşları vardı; çöller ise hem çok uzaklarda, hem de politik sorunlarla kaynayan yerlerdi. Oysa, yapabileceği bir şey olmalıydı. Evet, resim yapmayı öğrenebilir, o büyük insanların yaşadıkları büyülü anları tüm dünyaya gösterebilirdi.

Sonunda alçılarını açtılar, elçilik binasına döndüğünde bir elçinin oğluna gösterilebilecek en büyük ilgi, sevgi ve saygıyla karşılandı. Annesine bir resim kursuna devam etmek istediğini bildirdi.

Kaza dolayısıyla çok vakit kaybettiğini, Amerikan Koleji'ndeki derslerinde çok geri kaldığını söyleyen annesi, arkadaşlarına yetişmek için çok çalışması gerekeceğini hatırlattı. Oysa bu, Eduard'ın umurunda bile değildi; eski okuluna dönüp coğrafya, fen gibi dersler okumaya hiç niyeti yoktu. Ressam olmak istiyordu o. Bir ara boş bulunup bunun nedenini açıkladı:

"'Cennet Görüntüleri'ni resmetmek istiyorum."

Annesi bir şey demedi, arkadaşlarına danışarak, kentteki en iyi resim kursu hangisiymiş öğrenmeye söz verdi.

Büyükelçi o akşam eve geldiğinde karısını yatak odasında gözyaşları içinde buldu.

"Oğlumuz çıldırmış," diye hıçkırıyordu. "Kaza beynini etkilemiş."

Büyükelçi çok kızgın bir sesle, "İmkânsız!" diye karşılık verdi. "Amerikalılar'ın seçtiği doktorlar teşhis koydular ya."

Karısı oğlunun söylediklerini aktardı.

"Canım, gençlik asilikleri bunlar. Sen sabret, her şey eski durumuna dönecek."

Bu kez bekleme taktiği hiçbir işe yaramadı, çünkü Eduard yaşama atılmak için sabırsızlanıyordu. Annesinin arkadaşlarından bir haber çıkmasını beklemeden, iki gün sonra, gidip kendi bulduğu bir atölyeye kaydoldu. Renk, biçem, perspektif gibi şeyler öğrenmeye başladı. Ayrıca, hiçbir zaman arabalardan ve marka ayakkabılardan söz etmeyen insanlarla tanıştı.

"Birtakım sanatçıların arasına düştü," diyordu annesi, ağlamaklı bir sesle.

"Çocuğu rahat bırak, yakında bıkar," diyordu Büyükelçi. "Sevgilisinden, kristallerden, piramitlerden, tütsü ve marihuanadan bıkmadı mı?"

Oysa zaman geçiyor, Eduard'ın odası her an biraz daha resim atölyesine benziyordu: her yanda ana-babasının anlayamadığı birtakım tuhaf tablolar vardı: yuvarlaklar, egzotik renk karışımları, ilkel sembollerle karışık dua eden çeşitli insan görüntüleri.

İki yıl boyunca bir kez olsun eve arkadaş getirmemiş olan yalnız çocuk Eduard, şimdi evi tuhaf tuhaf insanlarla dolduruyordu; hepsinin de saçı başı dağınık, giysileri kötüydü, müziği sonuna kadar açıyorlardı; hem de ne müzik! Durmadan yiyor, sigara ve içki içiyor, temel aile terbiyesi aldıklarına dair en ufak bir iz bırakmıyorlardı. Bir gün Amerikan Koleji'nin müdürü eve telefon etti.

"Oğlunuzun bir uyuşturucu sorunu olduğunu sanıyorum," dedi. "Notları ortalamanın çok çok altında, böyle giderse bir dahaki dönem kaydını yapmayacağız."

Annesi, doğruca Büyükelçi'nin bürosuna giderek durumu aktardı.

"Zamanla her şey normale dönecek diyordun!" diye bağırdı çığlık çığlığa. "Şımdi ne olacak? Oğlun delirdi, uyuşturucu alıyormuş, besbelli beyninde bir hasar var! Sense o toplantıdan bu kokteyle... Hiçbir şeyle ilgilendiğin yok."

"Sesini yükseltme," dedi adam.

"Yükselteceğim işte, sen harekete geçmezsen, daha da yükselteceğim. Besbelli çocuğun yardıma ihtiyacı var. Tıbbi yardım. Bir şeyler yap!"

Karısının taşkınlığı yüzünden çalışanların yanında zor duruma düşen, oğlunun resim sevdasının beklediğinden daha uzun sürmesinden kaygılanan Büyükelçi, pratik zekâsını ve mesleki deneyimini kullanarak bir saldırı planı yaptı.

Önce meslektaşı Amerikan Büyükelçisi'ne telefon açarak, nazik bir lisanla büyükelçiliğin tıbbi olanaklarından bir kez daha yararlanıp yararlanmayacağını sordu ve olumlu yanıt aldı.

Tercihli hekimlere yeniden başvurarak durumu açıkladı, vaktiyle yapılmış olan testleri yeniden gözden geçirmelerini rica etti. Haklarında dava açılmasından çekinen hekimler ricayı hemen yerine getirdiler ve testlerin hiçbir anormallik belirtisi göstermediğini bir kez daha belirttiler. Ancak, Büyükelçi'nin elinden Amerikan Elçiliği'ni her türlü sorumluluktan kurtaran bir kâğıt almayı da ihmal etmediler.

Büyükelçi, hemen Eduard'ın yatmış olduğu devlet hastanesine giderek başhekimle görüştü. Oğlu hakkında kuşkularını dile getirerek, rutin bir çekap bahanesiyle çocuktan kan alıp uyuşturucu aramalarını rica etti.

Kan testi yapıldı. Herhangi bir uyuşturucu izi yoktu.

Kurduğu stratejinin üçüncü ve son aşamasına geldi sıra: Eduard ile baş başa konuşup neler olduğunu anlamak. Ancak tüm veriler elinde olduğu zaman doğru bir karar verebileceğine inanıyordu.

Baba ile oğul oturma odasında karşı karşıya oturdular.

"Annen senin için çok kaygılanıyor," dedi Büyükelçi. "Okulda notların normalin çok altına düşmüş, kaydının silinmesi tehlikesi var."

"Ama sanat okulundaki notlarım yükseliyor, baba."

"Sanata olan ilgini çok takdir ediyorum, ama bunun için daha bütün bir hayat var önünde. Şu anda önemli olan orta öğrenimini başarıyla tamamlamandır. Böylece diplomatik kariyerin için gerekli yolu açacağım sana."

Eduard bir şey demeden önce uzun uzun düşündü. Geçirdiği kazayı, okuduğu kitabı, bu kitabın onun gerçek mesleğini bulmasına nasıl yardım ettiğini, kendisini artık hiç arayıp sormayan Maria'yı düşündü. Bir süre daha kararsız kaldı, ama sonunda konuştu:

"Diplomat olmak istemiyorum. Ressam olmak istiyorum."

Babası böyle bir karşılık alacağını önceden bildiğinden, hazırlıklıydı.

"Canım, tabii ressam olacaksın, ama önce eğitimini tamamla. Sana Belgrad'da, Zagreb'de, Lyubliyana'da, Saraybosna'da, istediğin her yerde sergi açtırırız. Çok geniş çevrem var, biliyorsun, her bakımdan yardımcı olurum sana. Ammaaa, önce eğitimini tamamlayacaksın."

"Öyle yaparsam, kolay yolu seçmiş olurum. Herhangi bir fakülteye girer, beni hiç de ilgilendirmeyen bir konuda diploma alırım, böylece iş sahibi de olurum. Resim işi ikinci plana düşer, sonunda gerçekten istediğim yaşamı sürdüremem. Ressam olarak para kazanmanın yolunu bulmam gerek."

Büyükelçi sinirlenmeye başlıyordu.

"Şimdi her şeye sahipsin oğlum, seni seven bir ailen, yuvan, para pul, toplum içinde seçkin bir yer... Ancak, ülkemizin zor günler geçirdiğini sen de biliyorsun, iç savaş söylentileri dolaşıyor. Yarın öbür gün, sana yardım edecek konumda bile olmayabilirim."

"Yardıma gerek yok. Bana güvenin yeter. Günün birinde 'Cennet Görüntüleri' adlı bir dizi resim yapacağım. İnsanların günümüze dek yalnızca yüreklerinde yaşattıkları şeylerin görsel bir tarihi olacak bu."

Büyükelçi oğlunun kararlılığını çok beğendiğini söyleyerek konuşmayı bir gülümseme ile sona erdirdi. Oğluna bir ay daha süre tanımaya karar vermişti; ne de olsa diplomasi, sorunlar kendiliğinden çözülünceye dek kararları erteleme sanatıydı aynı zamanda.

Bir ay geçti, Eduard tüm vaktini resme, tuhaf arkadaşlarına, insanda psikolojik bir bozukluk yaratmak amacıyla yaratıldığı izlenimini uyandıran o müziği dinlemeye harcamayı sürdürdü. Üstüne üstlük, öğretmenlerden biriyle azizlerin varlığı konusunda tartıştığı için Amerikan Koleji'nden düpedüz atılmıştı.

Artık kararı ertelemek de imkânsızlaştığından, büyükelçi son bir çaba göstererek oğlunu, erkek erkeğe konuşmaya çağırdı.

"Bak, Eduard, artık yaşam sorumlulukları yüklenecek yaşa geldin. Bu saçmalığa elimizden geldiğince dayandık, ama artık ressam olmayı falan aklından silip meslek yaşamına yön vermeye başlamalısın."

"Ama baba, benim mesleğim zaten ressamlık."

"Peki, sana iyi bir eğitim sağlamak için yaptıklarımız ne olacak? Tek çocuğumuzsun, her yaptığımızı senin için, seni sevdiğimiz için yaptık. Eskiden hiç böyle değildin sen. Bütün bu olup bitenlerin geçirdiğin kaza sonucu olduğuna inanmak zorunda kalacağım."

"Annemi de, sizi de, dünyada herkesten ve her şeyden çok seviyorum."

Büyükelçi boğazını temizledi. Sevgi gibi duyguların böyle açık açık ifade edilmesine alışık değildi.

"O zaman, bize olan sevgin uğruna, annenin istediğini yap. Şu resim yapma işini bir süre rafa kaldır, kendi sınıfından arkadaşlar edin ve okuluna dön."

"Babacığım, beni seviyorsanız, böyle bir şey yapmamı isteyemezsiniz benden. Siz hep iyi örnek oldunuz bana, önem verdiğiniz şeyler için savaşmaktan hiç vazgeçmediniz. Şimdi benim iradesiz bir adam olmamı nasıl istersiniz?"

"Sevgi uğruna, dedim. Bunu daha önce hiç söylememiştim, ama şimdi senden rica ediyorum. Bize olan sevgin adına, bizim sana olan sevgimiz adına, yuvana dön, yavrum. Bunu fiziksel anlamda söylemiyorum, ruhsal olarak demek istiyorum. Kendi kendini aldatıyorsun, gerçeklerden kaçıyorsun.

"İlk doğduğun günden beri, senin için ne hayaller kurduk. Sen bizim her şeyimizsin, hem geleceğimiz, hem de geçmişimiz. Dedelerin bürokrattı, ben dışişlerine girebilmek için ne savaşlar verdim, bilemezsin. Her basamakta ne zorluklarla, hep kendi çabalarımla çıktım merdivenleri. Bütün bunları neden yaptım? Sana bir yer açmak için, işlerini kolaylaştırmak için... Büyükelçi olarak ilk belgeye imza attığım kalemi hâlâ saklıyorum. Neden? Günün birinde sen de büyükelçi olduğunda sana vermek için.

"Bizi hayal kırıklığına uğratma, oğlum. Şunun şurasında kaç günlük ömrümüz kaldı? Senin doğru yolda ilerlediğini bilerek, içimiz rahat ölelim.

"Bizi gerçekten seviyorsan, dediğimi yaparsın. Sevmiyorsan, o zaman bildiğini oku."

Saatlerce oturdu, Brasilia göklerine baktı durdu, mavinin üstünde salınan bulutlar – çok güzel bulutlardı, ama içlerinde bir damla yağmur yoktu Orta Brezilya Yaylası'nı ıslatacak. Kendisini onlar kadar boş hissetti.

Kendi istediğini yapsa annesi kederden sararıp solacak, babası kendi mesleğinde hevesini yitirecek, her ikisi de sevgili oğullarını yetiştirmekteki başarısızlığın suçunu birbirlerinde bulacaklardı. Öte yandan, resim yapmaktan vazgeçerse, 'Cennet Görüntüleri' hiçbir zaman tuvale geçmeyecekti. Oysa dünyada mutlu olması o resimlerin yapılmasına bağlıydı.

Çevresine bakındı, resimlerini gördü, her fırça darbesini nasıl sevgiyle, anlamlı kılarak vurduğunu hatırladı. Ama hiçbiri harika değildi, hepsi orta karardı. Sahtekârın tekiydi kendisi, yaşamını adadığı sanatta yeteneksizdi, üstelik ana-babasını da hayal kırıklığına uğratmaya kıyıyordu.

'Cennet Görüntüleri' ona göre değildi. Görebilenler seçilmiş insanlardı, sayılıydılar; onlar kitaplarda sözü edilen kahramanlar, inançları uğruna kurban edilmeye hazır azizlerdi; dünyanın onlardan neler beklediğini daha çocukken biliyorlardı. O ilk okuduğu kitaptaki sözde gerçekler, bir masalcının uydurmalarıydı besbelli.

Akşam yemeğinde ailesine haklı olduklarını, resme olan hevesinin geçtiğini, bunun çocukça bir hayal olduğunu söyledi. Çok sevindiler, annesi sevincinden ağladı, oğluna sarıldı, her şey normale döndü.

O gece, büyükelçi, zaferini gizlice kutlamak için bir şişe şampanya açtı ve tek başına bitirdi. Yatmaya gittiğinde karısı aylardır ilk kez olarak huzurlu bir uykuya dalmıştı bile.

Ertesi gün Eduard'ın odasını karmakarışık buldular: tuvaller parçalanmıştı, çocuksa bir köşede oturmuş gökyüzüne bakıyordu. Annesi ona sarıldı, onu ne kadar sevdiğini söyledi, ama Eduard hiçbir tepki göstermedi.

Artık sevgi falan istemiyordu, o defteri kapatmıştı. Babasının öğütlerini izleyebileceğini, resimden vazgeçebileceğini sanmıştı, ama gönül verdiği sanatta fazla ilerlemişti. Bir insanı hayallerinden ayıran dipsiz uçurumdaydı, artık dönüş yoktu.

Ne ileri gidebilirdi, ne de geriye. En iyisi sahneyi terk etmekti.

Eduard beş ay daha Brasilia'da kaldı. Uzmanlar ender görülen bir şizofreni türü teşhis ettiler, bisiklet kazasının sonucu olabilir, dediler. Derken Yugoslavya'da savaş çıktı ve Büyükelçi acele geri çağrıldı. Eduard'ın bakımı, aile için ciddi bir sorun oluşturdu. Tek çıkar yol, delikanlıyı yeni açılan Villete Hastanesi'ne yatırmaktı.

Eduard öyküsünü bitirdiğinde hava kararmıştı, ikisi de soğuktan titriyorlardı.

"Hadi, içeri girelim," dedi. "Akşam yemeği başlamıştır."

"Çocukken ne zaman anneannemlere gitsek, evindeki bir tablo beni her seferinde büyülerdi. Resimde bir kadın –Katolikler'in Madonna dedikleri– dünyanın üstünde durmuş, ellerini dünyaya doğru uzatmıştı, parmak uçlarından ışınlar uzanıyordu.

"Ama beni asıl şaşırtan bu kadının canlı bir yılan üstünde duruyor olmasıydı. Anneanneme sormuştum: 'Yılandan korkmuyor mu? Ya ayağını ısırıp zehriyle onu öldürürse?'

"Anneannem şöyle demişti: 'İncil'e göre dünyaya kötülüğü de iyiliği de yılan getirmiştir. Kadın sevgisiyle hem iyiliği hem kötülüğü kontrol ediyor.'"

"Bunun benim öykümle ne ilgisi var?"

"Seni daha bir haftadır tanıyorum, seni sevdiğimi söylemek için daha çok erken olabilir; ama herhalde yarına sağ çıkmayacağım için, o da çok geç olacak. Oysa insanların en büyük deliliği de bu, yani sevgi.

"Sen bana bir sevgi öyküsü anlattın. Ana-babanın senin için en iyisini istediklerine içtenlikle inanıyorum, ama onların sevgisi senin yaşamını neredeyse mahvetmiş. Anneannemin duvarındaki tablonun Madonnası da yılanı çiğniyorduysa, o zaman sevginin de iki yüzü var demek oluyor."

"Evet, ne demek istediğini anladım," diye karşılık verdi Eduard. "Elektroşok yapsınlar diye bilerek azgınlık yaptım, çünkü sen benim kafamı karıştırıyorsun. Neler hissettiğimden tam emin değilim, üstelik sevgi, hayatımı bir kez mahvetti."

"Korkma. Bugün, buradan ayrılmak için Dr. Igor'dan izin istedim. Dolaşayım, gözlerimi son kez kapayacağım yeri kendim seçeyim istiyorum. Derken seni hastabakıcılarla boğuşurken görünce, bu dünyadan ayrılırken neye bakmak istediğimi kavradım: senin yüzüne. Ve hastaneden çıkmaktan vazgeçtim.

"Sen elektroşok tedavisinden sonra uyurken, ben bir kriz daha geçirdim, bu kez tamam dedim, gidiyorum. Senin yüzüne bakarak, öykünün ne olabileceğini düşünerek, mutlu ölmeye hazırlandım. Ama gelmedi ölüm, kalbim bir kez daha dayandı, herhalde çok genç olduğum için."

Genç adam önüne baktı.

"Sevildiğin için huzursuz olma, senden bir şey istemiyorum ki. Bırak seni seveyim, bu gece son bir kez daha piyano çalayım, gücüm yeterse tabii. Karşılığında bir tek şey istiyorum senden. Birilerinden son nefesimi vermekte olduğumu duyarsan doğru benim koğuşuma gel, son dileğimi yerine getir."

Eduard, o kadar uzun süre suskun kaldı ki, Veronika onun bir kez daha kendi ayrı dünyasına döndüğünü, uzun süre de orada kalacağını sandı.

Derken Villete'in duvarlarının ötesindeki dağlara bakarak dedi ki:

"Buradan çıkmak istiyorsan seni götürebilirim. Sırtımıza giyecek bir şeyler alayım, biraz da para, tamamdır."

"Çok vaktim kalmadı, Eduard, biliyorsun."

Eduard bir şey demedi. İçeri girdi, yanında iki ceketle çabucak geri döndü.

"Sonsuza dek vaktimiz var, Veronika; burada geçirdiğim hep birbirinin aynı günlerden gecelerden, her ânını 'Cennet Görüntüleri'ni unutmak çabasıyla geçirdiğim onca zamandan çok daha fazla vaktimiz var. Hatta, neredeyse unutmuştum o görüntüleri, ama yavaş yavaş geri geliyorlar galiba.

"Yürü, gidiyoruz. Deliler delice şeyler yaparlar."

O gece herkes akşam yemeği için toplandığında, dört kişinin eksik olduğunu fark etti hastalar.

Zedka'nın uzun bir tedavi sonucunda taburcu edildiğini herkes biliyordu. Mari, herhalde sinemaya gitmişti sık sık yaptığı gibi. Eduard, belki de elektroşok tedavisinin etkilerinden kurtulamamıştı. Bu akıllarına geldiğinde bütün hastalar çok korktular, yemeklerine sessiz başladılar.

Bir de yeşil gözlü kumral kız yoktu. Ama onun haftayı sağ çıkaramayacağını başından biliyorlardı.

Villete'te kimse ölümden açıkça söz etmezdi; herkes hiçbir şey olmamış gibi davranmaya çalışsa da, herhangi bir eksiklik hemen dikkatleri çekerdi.

Masadan masaya bir fiskos başladı. Kimileri ağlıyordu hatta. Kızcağız ne kadar genç, ne kadar hayat doluydu, şimdiyse hastanenin arkasındaki morgda yatıyor olmalıydı. Gündüz saatlerinde bile yalnızca çok gözü kara olanlar oraya yaklaşmaya cesaret edebiliyordu. Üç mermer masa vardı orada, genellikle en az birinde üstü çarşafla örtülü bir ceset yatardı.

Bu gece o masalardan birinde Veronika'nın olacağını herkes biliyordu. Gerçekten akıl hastası olanlar, bir haftalığına aralarına karışmış olan, gece yarıları piyano çalarak pek çok kişinin uykusunu bozan genç kızı çabuk unuttular. Birkaç kişi, özellikle de Veronika ilk yatırıldığında yoğun bakım servisinde çalışan hastabakıcı ve hemşireler, haberi duyunca hüzünlendiler. Ancak, çalışanların hepsi, hastalarla yakın bağlar kurmamak konusunda eğitilmişlerdi, çünkü hastanın kimi gidiyor, kimi ölüyor, çoğunluksa durmadan kötüleşiyordu. Bunların üzüntüsü ötekilerden biraz daha uzun sürdü, ama geçti.

Hastanedekilerin büyük çoğunluğu ise haberi duyduklarında üzülmüş gibi yaptılar, ama aslında rahat bir soluk aldılar. Azrail, Villete'e uğramış, ama kendilerini almadan gitmişti çünkü.

Akşam yemeğinden sonra Kardeşlik Çemberi üyeleri kendi aralarında toplandıklarında, biri mesajı iletti: Mari sinemaya gitmemiş, bir daha dönmemek üzere ayrılmış, bir de not bırakmıştı.

Bu olaya kimse pek aldırış etmedi: kadın zaten hep biraz farklı görünmüştü onlara, belki fazlaca deliydi, Villete'te sürdürülen ideal yaşama uyum sağlayamamıştı.

"Burada ne kadar mutlu olduğumuzu bir türlü anlayamamıştı Mari," dedi biri. "Burada ortak ilgi alanları olan arkadaşlarlayız, belli bir düzenimiz var, kimi kez birlikte gezilere çıkıyoruz, önemli konularda konuşmak üzere konferansçılar çağırıyoruz, sonra onların düşüncelerini aramızda tartışıyoruz. Burada yaşamımız kusursuz bir denge içinde sürüp gidiyor, dışarıdaki insanların pek çoğu böyle bir denge sağlayabilmek için can atar."

"Ayrıca başka avantajlarımız da var, işsizliğe karşı korunaklıyız burada. Bosna Savaşı'nın sonuçları, ekonomik sorunlar, şiddet olayları gibi şeylerden de etkilenmiyoruz," dedi bir başkası. "Tam bir uyum içindeyiz."

Haberi getiren kişi, "Bana bu notu bıraktı," dedi elindeki kapalı zarfı göstererek. "Yüksek sesle okumamı istedi, sanki hepimize toptan veda etmek istiyordu."

Topluluğun en yaşlı üyesi zarfı açtı ve Mari'nin iştediği gibi okumaya başladı. Bir ara tereddüt etti, okumayı yarıda kesmek istedi, ama artık çok geçti, sonuna dek okudu:

"Genç bir avukatken bir İngiliz şair tarafından yazılmış dizeler okumuş, çok etkilenmiştim. 'Taştan fışkıran bir pınar ol, suyu tutan bir sarnıç olma.' Bu sözlerin doğruluğuna inanmamıştım o zaman. Çünkü taşmak tehlikeliydi, taşan suyun sevdiklerimizin bulunduğu alanı basması olasılığı vardı, onları sevgi ve coşkumuzla boğabilirdik. Hayatım boyunca, iç duvarlarımın sınırlarını aşmayan bir sarnıç olmaya çabaladım.

"Derken, hiçbir zaman anlamadığım ve anlayamayacağım bir nedenle panik ataklarına tutulmaya başladım. Olmamak için onca çaba harcadığım tipte bir insan oldum: fışkıran, yalağından taşan, her yanı sulara sellere boğan bir pınar. Bunun sonucunda Villete'e yatırıldım.

"Tedavi oldum, iyileştim, sarnıca dönüp sizlerle tanıştım. Dostluğunuz, sevecenliğiniz ve birlikte geçirdiğimiz pek çok mutlu an için teşekkürler. Birlikte akvaryumdaki balıklar gibi yaşadık: ihtiyacımız olduğunda bize yem attıkları ve canımız istediğinde camın öte yanındaki dünyayı görebildiğimiz için hayatımızdan hoşnuttuk.

"Ama dün, bir piyano ve şu âna dek herhalde ölmüş olan bir genç kız sayesinde çok önemli bir şey öğrendim: içerideki yaşam ile dışarıdaki yaşam birbirinin tıpkısı. Orada da burada da insanlar gruplaşıyor, çevrelerine duvarlar örüyor ve kendilerine tuhaf gelen hiçbir şeyin sıradan yaşamlarını sarsmasına izin vermiyorlar. Birtakım şeyleri sırf alıştıkları için yapıyorlar, yararsız konuları inceliyorlar, aralarında eğleniyorlar, çünkü eğlenmek gerekir, dünyanın geri kalanında olup bitenlerden onlara ne? En fazla, televizyonda haberleri izliyorlar –bizim de sık sık yaptığımız gibi– ve böylece sorunlarla, haksızlıklarla dolu dünyadan ne kadar uzak olduklarını hissederek mutluluklarını bir kez daha doğruluyorlar.

"Demek istediğim şu ki, Kardeşlik Çemberi içinde sürdürdüğümüz yaşamın Villete dışında yaşayanlarınkinden hemen hemen hiç farkı yok: herkes akvaryumun cam duvarlarının dışında olup bitenleri fark etmekten dikkatle kaçınıyor. Bu durum bana uzun bir süre iyi geldi, yararlı oldu, rahat ettirdi. Ama insan değişiyor. Artık serüven peşinde koşmak istiyorum. Altmış beş yaşındayım ve yaşlılığın getirdiği tüm kısıtlamalardan haberim var. Gene de Bosna'ya gidiyorum. Orada beni bekleyenler var. Onlar beni tanımıyor, ben de onları tanımıyorum, ama yararlı bir şeyler yapacağıma inanıyorum. Üstelik, serüven duygusu, tehlike korkusu bile yeter; yıllarca refah ve sıkıntı içinde yaşamaktan iyidir."

Mektubun okunması sona erince, Kardeşlik Çemberi üyeleri birer birer odalarına, koğuşlarına dağıldılar, hepsi aynı şeyi düşünüyordu: Mari en sonunda gerçekten delirmişti.

Eduard ile Veronika, Lyubliyana'daki en pahalı lokantaya gittiler, en güzel yemekleri ısmarladılar, üç şişe 1988 (yüzyılın en iyi rekoltelerinden biridir) tarihli şarap içerek sarhoş oldular. Yemek sırasında ne Villete'ten, ne geçmişten, ne de gelecekten söz ettiler.

"O yılan hikâyesi hoşuma gitti," dedi delikanlı, kızın kadehini kimbilir kaçıncı kez doldururken. "Ama anneannen çok yaşlı olduğundan, doğru yorumlamamış gibime geliyor."

"Anneanneme saygı göster, rica ederim!" diye bir sarhoş narası koyverdi Veronika. Lokantadaki herkes dönüp ona baktı.

Eduard, ayağa fırlayarak kadehini kaldırdı: "Bu genç bayanın anneannesinin şerefine!" dedi. "Karşımda oturan bu deli bayanın anneannesinin şerefine içiyorum. Allah bilir Villete'ten yeni kaçmıştır."

Herkes gözlerini kendi tabağına çevirip hiçbir şey olmamış gibi davranmaya baktı.

"Anneannemin şerefine içelim," diye üsteledi Veronika.

Lokantanın sahibi masalarına geldi.

"Lütfen davranışlarınıza dikkat ediniz."

Birkaç saniye sessiz kaldılar, ama çok geçmeden yeniden başladılar yüksek sesle konuşmaya, saçma sapan laflar etmeye, uygunsuz davranmaya. Lokanta sahibi bir kez daha masalarına gelerek hemen mekânı terk etmelerini, hesap ödemek için oyalanmalarına gerek olmadığını bildirdi.

"Şu akıl almaz pahalı şarabın parası ödememekle yapacağımız tasarrufu düşün," dedi Eduard. "Beyefendi fikrini değiştirmeden kalk gidelim."

Beyefendi fikrini değiştirmeye niyetli görünmüyordu, Veronika'nın sandalyesini geri çekmişti bile, onları bir an önce dışarı yollamanın en nazik yolunu seçerek.

Kentin merkezindeki küçük meydanın ortasına doğru yürüdüler. Veronika başını kaldırıp eski odasının pencerelerine baktı ve sarhoşluğu ânında geçti. Yakında öleceğini hatırlamıştı.

"Gel, biraz daha şarap alalım," dedi Eduard.

Hemen oracıkta bir bar vardı. Eduard iki şişe şarap aldı, oturup içmeye devam ettiler.

"Anneannemin yorumunun nesi varmış?" diye sordu Veronika.

Eduard o kadar sarhoştu ki, lokantada söylediklerini hatırlayabilmek için büyük çaba harcaması gerekti. Sonunda başardı:

"Anneannenin dediğine göre tablodaki kadın yılanın üstüne basmış, çünkü sevgi, İyi ile Kötü'yü kontrol etmeliymiş. Güzel, romantik bir yaklaşım, ama aslıyla ilgisi yok. O imgeyi ben de gördüm, hem de kaç kez. Yapmayı hayal ettiğim 'Cennet Görüntüleri'nden biri de oydu. Meryem Ana'nın sık sık böyle resmedilmesinin nedenini merak ederdim hep."

"Peki, neymiş nedeni?"

"Çünkü Bakire Ana eşittir dişi enerjisi ve bu, aklı temsil eden yılandan daha üstün. Dr. Igor'un hep taktığı o yüzüğe dikkat ettiysen, hekimlik simgesi taşıdığını görürsün: bir sopaya dolanmış iki yılan. Sevgi, akıldan üstündür, tıpkı Bakire Ana'nın yılandan üstün olduğu gibi. Meryem için her şey bir Esin. Kim iyiymiş, ne kötüymüş onları yargılamakla uğraşacak değil."

"Bir şey daha var, biliyor musun? Bakire Meryem, insanların, hakkında neler düşüneceğine hiç aldırmamış," dedi Veronika. "Yani, Tanrı'dan gebe kalmak hikâyesine başkalarını inandırmak hiç de kolay değil. O da herhangi bir açıklamaya girişmemiş zaten. Böyle böyle oldu demiş, o kadar. Başkaları onun hakkında ne demişlerdir acaba?"

"Çok kolay. Deli demişlerdir."

İkisi de kahkahalara boğuldular. Veronika kadehini kaldırdı.

"Kutlarım! Şu 'Cennet Görüntüleri'nden söz edip duracağına yapmaya başlasana artık."

"Seninle başlayacağım," dedi Eduard.

Küçük meydanın yanı başında küçük bir tepe vardı, küçük tepenin tepesinde de küçük bir şato. Veronika ile Eduard dik yokuşu tırmanırken ya söyleniyor ya gülüyor ya buz üstünde kayıyor, yorgunluktan yakınıyorlardı.

Şatonun hemen yanında dev bir sarı vinç durur. Lyubliyana'ya ilk kez gelenler bu vinci görünce şatonun restore edilmekte olduğunu, işlerin yakında biteceğini sanırlar. Oysa Lyubliyana sakinleri o vincin yıllardır orada durduğuna tanıktırlar, gerçi kimse nedenini bilmez, o başka. İlkokul öğrencilerine şatonun resmini yapma ödevi verildiğinde kesinlikle bu vinci de çizdiklerini anlattı Veronika.

"Üstelik, vincin durumu şatonunkinden çok daha iyi."

Eduard güldü.

"Şimdiye kadar ölmüş olman gerekirdi," dedi. Hâlâ alkolün etkisi altındaydı, ama sesinde bir korku kıpırtısı da vardı. "Bu kadar dik bir yokuşa kalbinin dayanması için..."

Veronika onu bitmeyecekmiş gibi uzun bir öpücükle susturdu.

"Yüzüme bak," dedi sonra. "Ruhunun gözleriyle hatırla beni ki bir gün resmimi yapabilesin. İstersen başlangıç noktan yüzüm olsun, ama kesinlikle yeniden resme dön. Bu benim son isteğim. Tanrı'ya inanır mısın?"

"İnanırım."

"O zaman inandığın Tanrı adına yemin et, benim resmimi yapacağına."

"Yemin ediyorum."

"Ve benimkinden sonra da resim yapmaya devam edeceğine."

"Buna yemin edebilir miyim, bilmem."

"Edebilirsin, etmelisin. Daha da ileri gidiyorum: yaşamıma bir anlam kazandırdığın için sana teşekkür ediyorum. Bütün bu başıma gelenleri yaşamak için gelmişim bu dünyaya: intihar girişimi, kalbimi yıpratmam, seninle tanışmam, bu şatoya gelmemiz, hepsi yüzümü ruhuna nakşetmek içindi. Bu dünyaya bir tek nedenle gelmişim, anlıyorum, seni resme, çıktığın yola yeniden döndürmek için. Yaşamımı boşa harcamadığımı bilmek istiyorum."

"Çok mu erken, çok mu geç bilmiyorum, ama ben de sana söylemek istiyorum: Seni seviyorum. İstersen inanma, belki de benim budalalığımdır, öyle bir fantezidir."

Veronika kollarını ona doladı ve inanmadığı Tanrı'ya kendisini o an alması için yakardı.

Gözlerini kapadı, Eduard'ın da kapadığını hissetti. Ve derin, düşsüz bir uykuya daldı. Ölüm ne tatlıydı, şarap kokuyor ve başını okşuyordu.

Birinin omzunu dürtüklediğini hissetti Eduard. Gözlerini açtığında şafak söküyordu.

"İsterseniz, kentevine sığınabilirsiniz," dedi polis. "Burada kalırsanız donarsınız."

Eduard bir gece önce olan her şeyi birden hatırlayıverdi. Kollarının arasında kıvrılmış bir kadın vardı.

"O... O öldü."

Ama kadın kımıldadı, gözlerini açtı.

"N'oluyor?" diye sordu Veronika.

"Hiçbir şey," dedi Eduard, elinden tutup onun kalkmasına yardım ederken. "Ya da, daha doğrusu bir mucize oldu: yaşamın yeni bir günü."

Dr. Igor odasına girip de elektriği açar açmaz –güneş hâlâ geç doğuyordu çünkü, kış uzadıkça uzuyordu– bir hastabakıcı kapısını tıklattı.

Doktor, "Bugün işler hızlı başlamışa benzer," dedi kendi kendine.

Zor bir gün olacaktı, çünkü Veronika ile konuşma işini artık erteleyemezdi. Bir haftadır bu görüşmeye hazırlanıyordu, ama dün gece sırf bu yüzden neredeyse gözünü kırpmamıştı.

"Kötü bir haber," dedi hastabakıcı. "Hastalardan ikisi yok. Büyükelçi'nin oğluyla, o kalbi hasta olan kızcağız uçup gitmişler."

"Neee? Ne diyorsun? Ne biçim iş bu? Ne beceriksiz adamlarsınız siz! Zaten bu hastanede güvenlik sorunu hiç bitmeyecek!"

"Ama, ne bilelim, şimdiye kadar kimse kaçmaya kalkmamıştı ki," dedi hastabakıcı, korku içinde. "Böyle bir şeyin mümkün olabileceğini sanmıyorduk."

"Yıkıl karşımdan. Şimdi işin yoksa, hissedarlara rapor hazırla, polise haber ver, yeni önlemler al. Offf. Söyle herkese, kimse beni rahatsız etmesin. Bu işler saatler sürer."

Hastabakıcı odadan çıktı, yüzü sapsarıydı, çünkü suçun kendisinin üstüne yıkılacağından emindi. Güçlüler paçayı kurtarır, kendisi gibiler cezayı yerdi. O gün işten kovulacağı kesindi.

Dr. Igor eline bir kalem alıp notlar yazmaya başladı, derken vazgeçti.

Işığı kapattı, şafak öncesinin soluk aydınlığında öylece oturdu. Gülümsedi. Başarmıştı.

Biraz sonra gerekli notları alır, Vitriol'ün bilinen tek tedavisinin ayrıntılarını yazardı: yaşama bilinci. Sonra da hastalar üstünde yaptığı ilk önemli denemede kullandığı ilacı açıklayacaktı: ölüm bilinci.

Hastalığın belki başka ilaçları da vardı, ama Dr. Igor tezinin çerçevesini bilimsel olarak deneme fırsatını bulduğu tek vakaya –kendisi bilmeden doktorun kaderinin bir parçası haline gelmiş olan genç kıza– dayanarak çizmeye kararlıydı. Kızcağız hastaneye getirildiğinde feci durumdaydı, aşırı dozdan komaya girmişti. Bir hafta boyunca ölümle dirim arasında gidip gelmişti. İşte bu sırada, ilk deneyi için çok parlak bir fikir gelmişti Dr. Igor'un aklına:

Her şey bir tek şeye bağlıydı: kızın ölümü yenmesine.

Ve kız bunu başarmıştı, dönüşü olmayan herhangi bir sağlık sorunu, herhangi bir ciddi hasar olmaksızın; kendine iyi bakarsa doktorundan daha uzun yaşayabilirdi.

Ancak, bunu bilen tek kişi Dr. Igor'du. Aynı zamanda kendini öldürmeyi başaramayanların, girişimlerini er geç tekrarladıklarını, sonunda intiharı gerçekleştirdiklerini de biliyordu. Peki, onu bir denek olarak kullansa, bünyesinden Vitriol ya da Acılaşma'yı defetmeyi denese ne olurdu?

Böylece Dr. Igor planlarını yapmıştı.

Fenotal adlı bir ilaç kullanarak kalp krizi belirtilerini yapay olarak ortaya çıkarmıştı. Bu ilaç bir hafta boyunca sürekli verilmişti kıza; o da besbelli çok korkmuştu, çünkü ölüm hakkında düşünecek, yaşamını gözden geçirecek vakti olmuştu. Böylece, Dr. Igor'un tezine göre (kitabının son bölümü 'Ölüm bilinci bizi daha yoğun yaşamaya yöneltir' başlığını taşıyacaktı) kız bünyesindeki tüm Vitriol'ü atmıştı ve büyük bir olasılıkla bir daha intihar girişiminde bulunmayacaktı.

Bugün onunla görüşmesi, uygulanan tedavi sayesinde kalbindeki hasarın onarıldığını açıklaması gerekiyordu. Veronika'nın kaçışı, doktoru bir kez daha yalan söylemek zorunluluğundan kurtardığı için pek yerinde olmuştu.

Dr. Igor'un öngörmediği şey ise, Vitriol zehirlenmesine karşı uyguladığı tedavinin bulaşıcı niteliğiydi. Villete'teki pek çok başka hasta, gözlerinin önünde ağır ağır gelişen kaçınılmaz ölüm bilincinin etkisinde kalmış, korkmuşlardı. Onlar da hayatta neler kaçırdıklarını düşünmeye, kendi yaşamlarını yeniden değerlendirmeye zorlanmışlardı besbelli.

Mari gelip taburcu olmak istediğini bildirmiş, daha başkaları da dosyalarının yeniden incelenmesi isteğinde bulunmuşlardı. Ancak, Büyükelçi'nin oğlunun durumu kaygılandırıyordu onu. Çocuk, hiçbir iyileşme belirtisi göstermeksizin yok olmuştu. Herhalde Veronika'nın kaçmasına da o yardımcı olmuştu.

"Belki hâlâ birliktelerdir," dedi kendi kendine.

Ayrıca Büyükelçi'nin oğlu, Villete'in yerini biliyordu, istediği zaman geri dönebilirdi. Dr. Igor aldığı sonuçlar yüzünden öylesine heyecanlanmıştı ki, küçük ayrıntılara kafa yormamayı yeğledi.

Bir ara başka bir kuşku belirdi içinde. Veronika bir kalp krizine kurban gitmeyeceğini er geç öğrenecekti. Herhalde bir kardiyoloji uzmanına görünecek, o da kalbinde hiçbir şey olmadığını açıklayacaktı. Villete'te kendisini tedavi edenin basiretsiz salağın biri olduğuna inanacaktı kız. Ama bu işler hep böyledir, yasak konuları araştırmaya kalkan bilim adamlarına hem cesaret gerekir, hem de anlaşılmazlık.

Asıl sorun, kızın her dakika ölümü bekleyerek geçireceği günlerdi.

Bunu da enine boyuna düşündü doktor, sonunda çok önemli olmadığına karar verdi. Yaşadığı her yeni günü bir mucize olarak görecekti kız... ki, kırılgan yaşamlarımızın her ânında başımıza gelebilecek beklenmedik olayları düşünecek olursak, her yeni gün bir mucizedir.

Güneş ışınlarının güçlendiğini fark etti; bu saatte hastalar kahvaltıdaydılar. Biraz sonra bekleme odası dolacağından bildik sorunlarla uğraşmaya başlaması gerekecekti. En iyisi tezi için gerekli notları hemen almasıydı.

Veronika ile gerçekleştirdiği deneyi ayrıntılı olarak yazmaya koyuldu. Hastanenin güvenlik sorunuyla ilgili raporu daha sonra kaleme alabilirdi.

Dia de Santa Bernadette, 1998